毒皇子の求婚

貴原すず

イースト・プレス

contents

序章

ローザリア帝国の皇都・トゥールは自然豊かな古い都だ。

街の南北を、物流の要である大河が走り、周囲は緑濃い森に囲まれて、石造りの都は緑と青の腕(かいな)の間に抱きしめられているように見える。

トゥールの北に位置するエレンブルン宮殿は、裏手に自然の森に繋がる人工の庭が広がり、ときには、野生の鹿(しか)がまぎれこむこともある。

頭上が枝で覆われる庭で、エルナは周囲を見渡した。

十二歳になるエルナは皇帝の甥であるフシュミスル公爵のひとり娘だ。求婚者を募集したら長い列ができるであろうエルナだが、興味を抱くのは富と権力を誇示する絹のドレスや宝石ではなく、野に生える薬草の類だった。

(この森は意外とたくさん見つかるのよね)

エルナは薬草を集めるのが好きだった。集めるだけでなく、病気に合わせて丸薬(がんやく)や膏薬(こうやく)をこしらえるのも、もちろん好きだ。

(市井(しせい)の娘だったら、絶対に薬師になるのに)

病弱な母は、様々な薬草を調合しても、なかなか元気にならない。エルナの目標は母を丈夫にする薬草を発見することだった。

(何か……見たことのない薬草があればいいな)

故郷でもある領地の城の庭には、エルナが世話をしている薬草園がある。そこにない薬草があれば、持ち帰りたかった。

木々の隙間から漏れる陽光がエルナの頬をすべり、肩を覆う金の髪にこぼれ落ちる。上質な翡翠を二粒嵌めたかのような鮮緑の目は、注意深く植物を仕分けた。

「あれは……!」

エルナは近くの繁みに走り寄った。白くて可憐な花が咲いている。しゃがむと、籠からスコップを取り出した。

「ナツシロギクだわ。解熱と頭痛に効果があるのよね」

副作用に口内炎の発症があるから、用量には注意しなければならない。学んだことを思い出しながら掘り返して、籠に入れる。

「さて、次は何が見つかるかしら」

エルナは足を速めた。

(誰にも邪魔されないうちに見つけて、宮殿に戻ろう)

侍女をつけずに出てきたのは、自由に薬草を探し回るためだ。彼女たちがついてくると、どうしても気が散ってしまう。

「エルナ！」

背後から声をかけられて、エルナは振り返った。

「……コンラート」

浮ついた気持ちが、あっという間に沈んでしまう。

近づいて来たのは、婚約者であるコンラートだ。コンラートの父は皇帝の甥であるレーフェン公爵。フシュミスル公爵とレーフェン公爵は従兄弟の関係になるから、コンラートは又従兄になるのだった。

切れ長の目に、鋭い眼光。エルナより一歳上なだけなのに、コンラートがエルナを見るまなざしは家庭教師たちのように厳しい。

「また、こんなところに来ていたのか」

「……薬草が欲しくて」

「誰かに取りに来させればいい」

「自分で集めたいの。侍女たちは薬草を知らないから」

「薬草なんか、薬師や医者だけが知っていればいいことだ。未来の公爵夫人には必要ない」

真っ向から否定され、唇を噛んで悔しさを我慢した。

「……わたしには薬草が必要なの。お母様のためにも」

わかってほしくて言ったのに、コンラートの冷めた視線には変化がなかった。

「そうか。なら好きにしろ。この庭には鹿が出るが……鹿を狙う狼も出るそうだがな」

コンラートはあっさりと踵を返すと、エルナから離れていく。

エルナは、しばしその場に立ち尽くした。それからゆっくりと身体の向きを変え、森の奥に向かう。

「お母様のためだもの」

狼に怯える心を励ます。

(大丈夫、大丈夫)

こんな昼間から襲ったりはしないはずだ。狼の活動が活発になるのは、明け方や夕暮れどきだというから。

そう自分に言い聞かせながらも心配になって、辺りを探りながら歩いていると、近くの繁みがガサゴソと揺れた。肩を震わせて立ち止まる。

(な、何……)

もしかして狼だろうか。

(……逃げなきゃ)

気配を悟られないように数歩退くと、すばやく身を翻して駆けようとした。とたんに背後の繁みが激しく揺れる。

「いや――!」

ドレスの裾をからげて逃げかけるエルナの耳に、ほがらかな笑い声が届く。

「エルナ！　俺だよ！」

振り返ると、そこには同い年の少年がひとりいた。短く切った黒髪に奥二重のやさしげな目元の少年だ。上質な上着（コート）や脚衣（ブリーチズ）には、草の汁や泥がついている。不意打ちをするために、繁みに隠れていたのだろう。

「ユリアン！　驚かすなんて、ひどいわ！」

エルナは腰に手を当てて彼を睨（にら）んだ。

ユリアンはコンラートの弟だ。つまり、この国で最高位に近い貴族の生まれである。それなのに、ユリアンはコンラートとは似ても似つかなかった。好奇心旺盛（おうせい）で、気取ったところや厳格なところがみじんもない少年だった。

彼は一点の曇りもない明るい笑みを浮かべた。

「ごめん、ごめん。ちょっと怖い思いをさせようとしたんだよ」

「ちょっとどころか、怖すぎてまだ足が震えているわ！」

エルナが恨めしげな目を向けても、彼は堪（こた）えた様子もなく、悠々（ゆうゆう）と近づいてくる。

「持ってあげよう」

エルナが手にしていた籠を手にすると、ユリアンは悪（わる）びれもせずに話しかけてくる。

「相変わらずエルナは薬草が好きだね」

「ええ、わたしの一番の趣味だもの」

エルナは頬を膨（ふく）らませつつ歩きだした。

「公爵令嬢なのに、薬草狩りが趣味だなんて、信じがたいね」

並んで歩くユリアンの含み笑いに、エルナはそっぽを向く。

「悪かったわね」

「悪くなんてないさ。立派な趣味だよ」

やわらかな声音に、エルナは彼を見つめる。ユリアンのまなざしには、雪を溶かす陽射しに似たぬくもりがあった。

（ユリアンはコンラートと違う）

エルナをきちんと認めてくれる。照れくさくなって、小さくうつむいた。

「そ、そう？」

「うん。エルナは偉いよ。薬草を集めるのは、公爵夫人のためだろう？」

「ええ。お母様を元気にしてあげたいの」

母は風に当たっただけで体調を崩すような蒲柳(ほりゅう)の質(たち)だ。白い肌は常に青みを帯びて、まなざしは憂愁(ゆうしゅう)に沈んでいる。そんな母を思い出すと、精を出して薬草を集めねばと改めて思ってしまう。

「少しでも効果がある薬草を見つけないと」

「……あれは？」

ユリアンが指さしたのは育ちかけの低木だ。

「あれはホーソーンよ。心臓の機能強化に効果があるんですって」

葉と花を煮て飲むといいという。淡紅色の花と葉を摘むと、ユリアンが別の草を見つける。

「あれは？」

「ネトルよ。利尿効果があるの。関節痛にも効くと言われているけど、葉に棘がついていて、刺さると長いこと痛むのよ」

「うわ。じゃあ、どうやって採るんだ？」

ユリアンは立派に育ったネトルの前で四苦八苦している。

だが、ネトルの奥に生えている背の高い草の向こうに視線をやった彼は、ふいにエルナを振り返った。

「……鹿がいる」

「え？」

エルナは彼の横に並んだ。繁みの向こうのひらけた草原に、確かに、立派な角を持った鹿が佇んでいる。

「……さすがに鹿は薬にならないよな」

「それがね、鹿の角は、遠い異国で元気になる薬とされているんですって」

ユリアンの冗談にエルナは真顔で答えた。鹿の角は、はるか東方にある国では強精剤として使われているらしい。東洋の医術も学んだフシュミスル家の侍医が教えてくれた。

「なら捕まえよう」

「えっ!?」

　ぎょっとして彼の横顔を見つめる。鹿の体長はエルナたちの背をしのぐほどだし、角は放射状に大きく広がっている。

「無理よ、ユリアン」

「無理かどうか、やってみないとわからないだろう？」

　ユリアンは薬草籠をエルナに押しつける。思わず受け取ったエルナが見たのは、薬草採りに使っていた短刀を鹿に向かって鋭く投げる姿だった。ひゅっと空気が切り裂かれる音のあと、鹿がどうっと倒れる。

「ユリアン！」

　エルナの制止の声など完全に無視して、ユリアンは倒れた鹿に向かっていく。

　息を止めて見守ると、彼は倒れた鹿にさらに短刀を突き刺そうとするが、鹿は必死に立ち上がろうとあがいている。大きな角が左右に揺れる。それがいつでもユリアンを攻撃できるのだと示しているようで、エルナは恐ろしさに叫んだ。

「だめ！」

　エルナの声が届いたのか、彼が振り向く。隙が生じたそのとき、鹿が身体を跳ねさせて起き上がった。

「うっ」

　ユリアンがうめいて倒れ伏す。鹿は一目散に森の奥に駆けていく。

「ユリアン！」

エルナの心臓がどくどくと不快な鼓動を刻む。もつれそうになる足を懸命に叱咤して、彼に走り寄った。

「ユリアン！」

うつ伏せに倒れているユリアンは、瞼を閉じていた。エルナは地面に籠を置いてから、彼の肩をそっと揺する。声に涙が混じった。

「ユリアン、お願い。目を開けて」

エルナがどんなに揺すっても、彼の瞼は開かない。自信に満ちた目でエルナを捉えることもない。

「ユリアン、しっかりして」

エルナは彼の肩を揺すり続ける。ユリアンはされるがままだ。

「お願い、ユリアン。お願いだから、目を開けて」

懇願の声はどんどん湿っぽくなる。全身から血の気が失せていく。

(助けを呼ばなくちゃ)

もしかしたら、ひどい怪我をしたのかもしれない。それならば、大人を呼んで彼を安全な場所に運んでもらわなくては。

「だ、誰か……！」

無我夢中で叫びかけたとたん、ユリアンが勢いよく飛び起きた。尻もちをついた格好でエルナを見る顔は、満面の笑みに彩られている。

「びっくりした？」

稚気にあふれたまなざしを受け止めてから、エルナはこぶしを握った。

「ユリアン、からかったのね！」

彼に飛びかかると、ユリアンが痛いと叫んだ。よく見ると、手の甲に切り傷が走っている。

「……一応、怪我はしたんだよ。あいつの角が当たって」

「それを先に言って！」

幸い、出血はそれほど多くなかった。ドレスのポケットからハンカチーフを取り出すと、傷の上に置いて血を吸わせる。籠から取り出したローズマリーを軽く揉んだ。

「ローズマリーには抗菌の効果があると言われているの」

揉んだ葉を傷にポンポンと押し当てていく。

「痛っ」

「我慢して」

エルナは何度も傷に葉を当てる。傷が膿むと治りが遅くなる。まずは殺菌が大切なのだ。

「……きれいだな」

ぽつりとつぶやいた感嘆があまりにも場違いで、エルナは彼を凝視した。

「ユリアン？」

「エルナはとてもきれいだ。医術の女神様みたいだよ」

「何をのんきなことを言っているのよ」

あきれて二の句が継げない。ユリアンは笑顔が明るくて親しみやすいけれど、ときどき突拍子もない行動をすることがあった。

「鹿を捕まえようとするなんて。もう二度とあんな無茶をしないで」

「俺はエルナのためだったら、何でもしたいんだよ」

ユリアンの返答にエルナは頭を振る。エルナのために無謀な行動をして、怪我をされるなんてたくさんだ。

「わたしはしてほしくないわ」

「俺はする。エルナのためだったら、どんな危険なことでも平気だよ」

ユリアンの黒い瞳は言葉と同じく揺るぎなくて、エルナの緑眼をまっすぐ射貫く。

冗談としてまぎらわすこともできず、かといって真剣に受け止めるには恐ろしく、エルナは胸の内に湧く不安を抱いたまま彼を見つめ返した。

一章　都への召喚

皇都南方・フシュミスルの郊外にある聖マグダラ修道院は、練絹色(ねりぎぬいろ)の石が積まれ、星と十字を合わせた星十字に飾られた広壮な修道院だ。星十字を鐘楼(しょうろう)に掲(かか)げた星教会と修道女たちが日々を過ごす宿泊棟が並び、建物に囲まれた中庭では、自給自足のための畑が広がる。

林檎(りんご)の花が咲く春の一日。エルナは診療室の前にある薬草畑で手入れをしていた。育った薬草を摘み、枯(か)れた葉を取り除く。灰色のローブが汚れるのもかまわずに作業に没頭していると、畑の脇の廊下から呼びかけが聞こえた。

「姫様！　姫様！」

「あら、ごめんなさい、気がつかなくて」

エルナは詫びを言いながら廊下へと移動する。幼い男の子を連れた恰幅(かっぷく)のよい母親がいた。

「忙しいときに、すみませんねぇ」

「いいのよ、さ、入って」

エルナが促すと、ふたりは診療室に入る。あとに続いたエルナは、桶にためていた水で念入りに手を洗い、ふたりを椅子に座らせた。

エルナは彼女らの前に座ると、目の前にいる男の子を観察しながら母親にたずねた。

「この間の薬はどうでした？」

「おかげさまで、大変効果がありましたよ」

男の子の顔色を診てから、首のつけねに触れてみたり、服をめくって胸や腹の様子を確かめたりする。湿疹が消えたことに安堵しつつ母親に確認する。

「薬は飲めましたか？」

「飲んだ……というより飲ませましたよ。飲みたくないなんてわがまま聞いてたら、いつまで経っても治りやしない」

全身を揺らして笑う姿に、エルナも笑みを誘われる。

「匂いが強い薬だから、ちょっと心配していたの。よかった」

「大丈夫ですよ、姫様。匂いくらい我慢しろって口に匙を突っ込んでやりましたから」

「まあ」

母親の豪快な話しぶりに助けられたような気持ちになる。エルナは子どもの頭にそっと手を当てた。

「あと少しの間、お薬飲もうね」

「飲んだら治る？」

「もちろんよ」

エルナは立ち上がると壁際に設置している棚に近づいた。壁いっぱいの棚に並んでいるのは、貴重なガラスの容器だ。中には乾燥した薬草の数々が入っている。

「これとこれと……」

蓋を開けてひとつひとつ取り出し、布を敷いたトレイに並べていく。はるか東方の異国から運ばれた希少な薬草もあり、欠片も落とさないように慎重に移動させる。棚のそばに備えてある作業台にトレイを置き、深めの器に入れて突き崩してから、すりつぶす。それを蜂蜜で練って丸薬をつくり、麻布に包んだ。

「さ、できた」

包みを母親に手渡すと、彼女は額に掲げるようにして受け取った。

「ありがとうございます、姫様」

「いつものようにがんばって飲んでね。今回で最後になるから」

エルナは男の子の髪を撫でて励ました。目を輝かせて素直にうなずく姿が愛らしい。

立ち上がったふたりを診療室の外の廊下まで送ると、母親は男の子を抱くようにして帰路につく。子どもが時折振り返りながら手を振るのが微笑ましく、エルナもほのぼのとしながら彼らを見送った。

（よかった）

誰かの役に立てている。それがうれしい。

（そうでなければ……お父様とお母様が処刑されたのに、むざむざと生き残っている意味がないもの）

心の内に、急に隙間風が吹き込んでくる。凍えそうに冷たい風を感じると、身体がしんと冷えていく。

「姫様」

背中からそっと声をかけられて、振り返る。立っていたのは、侍女のマリーだ。中肉中背の身体を灰色のローブで覆い、艶（つや）のある褐色の髪も灰色のヴェールで隠した娘はエルナと同い年だ。彼女は薄青の瞳に漂う憂（うれ）いをすぐ消すと、励ますような微笑みを浮かべた。

「食事にしましょう。昼食をいただいてきました」

「ありがとう」

マリーが持っているトレイには、パンののった皿とスープの入った器がふたり分のせられている。

「お腹が空いたでしょう、姫様」

「そうね」

腹に手を当てる。空腹で胃がすっかり縮んでいた。

エルナは、両手がふさがった彼女のために、診療室の隣室の扉を開けてやる。

自室に入り、トレイをテーブルに置くと、マリーがほっと息をついた。

「それにしても、ユリアン様のおかげでだいぶましな食事ができるようになりましたね」

「そうね、本当に感謝しなきゃ」

椅子に座ったエルナの前に、マリーが器を置いてくれる。彼女も席についたところで、手を合わせて神への祈りを捧げる。

祈りを終えてから、エルナはスプーンを手にした。かつて公爵家で口に入れていた食事からはずいぶんと質素になったけれど、温かいというだけでもありがたかった。

「ユリアンが手紙を書いてくれたから、ちゃんとした食事ができるようになったのだもの」

修道院に入ってしばらくの間、エルナとマリーにだけ特別に提供されたのは、石のように硬いパンと、水に野菜の切れ端が浮かんだに等しい冷たいスープだった。腹が満たされることも、身体がぬくもることもない食事は、ユリアンが——この国の皇太子が院長に手紙を書いてよこしたとたん、一変した。

「エルナ様は公爵家のご令嬢。そもそも、あんな食事を出されたのがまちがいなんですよ」

「……公爵家はないも同然じゃないの」

六年前、フシュミスル公爵家はおとりつぶしも同然となった。父が先帝を暗殺したとされたからだ。

「そもそも、あの事件はおかしいですよ！　旦那様が先帝の暗殺をするはずがありませんもの！」

マリーが眦(まなじり)をつり上げて憤懣(ふんまん)を吐き出す。

「世継ぎは旦那様か現皇帝のどちらかに決まっているような状況だったんですよ。現皇帝陛下を暗殺なさろうとするならともかく、なんで先帝を暗殺なさるんです？　道理にかないませんよっ」

スープをかき混ぜていた手を止めて、エルナは唇に指を当てた。

「マリー、気をつけて。誰かに聞かれては大変よ」

「ここには誰もよりつかないから大丈夫ですよ」

「それはそうだけど……」

スープをすくうと口に入れる。スープはだいぶぬるくなっていた。

「旦那様は罠に嵌められたに違いありません」

「そうかもしれないわ。でも、先帝陛下が崩御(ほうぎょ)される前、最後に会ったのは、お父様なのよ。それだけで、お父様には不利になるでしょう？」

エルナはうつむいてスープの表面を見つめる。六年前の事件を思い出すと、どうしようもなく心がふさぐ。

（……あんな事件が起きるなんて……）

先帝には実子がなく、後継候補はふたりの甥だった。エルナの父であるフシュミスル家の当主・フランツと、ユリアンの父であるレーフェン家の当主・カールである。先帝はどちらを次の皇帝として指名するつもりか明確にしなかった。

(貴族たちはどちらが次の皇帝になるか、噂しあっていたと言うわ)

優秀ではあるが傲慢で、他者と軋轢の絶えなかったフランツか、とりたてて目立った能力はないが、温厚で争いとは無縁のカールか。

結果は、六年前の秋に行われた収穫祭で明らかになった。収穫祭はその年の収穫を神に感謝し、その年につくられたワインを集まった人々に振る舞うという祝祭だ。その準備のため、先帝とフランツがワインの味見をしたときのこと。先帝は吐血をして倒れ、まもなく崩御した。調査ののちに、皇帝のワインには毒が盛られていたと判明した。

(疑いをかけられたのは、当然、お父様だった)

フランツはその疑いに対して猛烈に反論した。皇帝を暗殺する動機がない、次の皇帝になるのはカールより優秀な自分のはずだったのだから、とまで口にしたという。

しかし、フランツの部屋にイヌサフランを使った毒の入った小瓶が残されていたこと、フランツの小姓が、フランツが犯人だと自供したことが決め手となった。

(わたしもお父様の疑いを傍証する存在になってしまった)

薬草に詳しいエルナの知識と手技を皇帝暗殺に利用したのではないか、という話が声高に語られたのだという。

幼いエルナまで父の有罪の傍証として利用される。そうまでされたのには理由があった。

「……お父様には敵が多すぎた。要らぬ恨みを買いすぎたんだわ」

エルナは唇を嚙む。

フランツは傲慢な性格で、多くの貴族と諍いを起こしていた。近隣の領主と領地の境界で揉め、湖の漁獲権で争う。

都で宴席に出れば、酒の飲みすぎで暴言を吐き、周囲の怒りを買う。甚だしきに至っては、皇帝をも無能と責めた。異教徒との争いで、皇帝がとるべき作戦を誤ったと公の場で弾劾したのだ。

そんなフランツに冷たい目を向けていた貴族たちは、彼が皇帝に毒を盛ったという疑惑に手を叩いて喜んだ。フランツを排除できる絶好の機会として利用した。

フランツを擁護する者はおらず、彼の死罪は裁判で簡単に決まった。

(そして、お父様とお母様は処刑されてしまった……)

真っ白な霜が降りた、凍えそうな寒い日だった。父と母は皇帝になったカールの命令で処刑された。皇帝暗殺という大罪の前では、皇家に連なる公爵といえども命を絶たれる

——見せしめに等しい処刑だった。

(わたしは幼いことを理由に助けられたわ)

カールが貴族の面々に働きかけたのだという。エルナはまだ幼く、父母に連座させるのは哀れだと彼が主張したおかげで処刑をまぬがれた。フシュミスル家の領地はすべて奪われ、一生修道院で生きることが決まったが、命だけは拾いあげられたのだ。

(皇帝は仇敵でありながら恩人)

カールを憎む気持ちがないとは言えない。だが、それよりも心にこびりついているのは、

自分の命を左右できる男への恐怖だ。

　エルナは声を低めてマリーに注意する。

「とにかく、言葉には注意しなくてはならないわ。皇帝に叛意があると誤解されたら、どうなるかわからない。特にわたしは慈悲をかけてもらった身。皇帝に感謝こそすれ、恨みを抱くなんて赦されないのだから」

「それは確かにそうです。用心は必要だと思います。でも、あたしたちにはユリアン様がいらっしゃいます。皇帝のおそばにいる皇太子殿下がエルナ様の最大の味方なんですもの。誣告をされたとしても、ユリアン様が助けてくださるはずです」

「マリーったら、なんて楽観的なの」

　エルナはあきれた。マリーはのんきすぎる。

「だって、ユリアン様は、六年前のときだって皇帝陛下にエルナ様をご寛恕くださるようお願いしてくれたそうですし、あたしたちがこの修道院に入れられたあとは、留学先からでさえ手紙をくださったり、援助をしてくださったりしているんですよ。ユリアン様がエルナ様の処遇に心を痛めてくださっているのは明らかです」

「……そうね」

　ユリアンが手紙を書くまで、エルナたちは他の修道女には課せられない仕事を割り振られ続けた。修道院中のカーテンやシーツを洗濯させられたり、薪を朝から晩まで割らされたり、手の皮が剝けるような重労働ばかり担当した。どれも父母の罪を償うための罰、仕方ないと耐えていた日々は、ユリアンの手紙という助力のおかげで終了したのだ。感謝してもしきれない。

「この間なんか、エルナ様に薬を処方してもらいたいって依頼をされて……トゥールの薬師が信頼できないからって、エルナ様をわざわざご指名くださるなんて。どれほど想ってくださっているのか、窺い知れるというものじゃありませんか」

マリーの意味深な口ぶりに、エルナは派手に顔をしかめた。

「変なことを言わないで、マリー。ユリアンは次の皇帝になる貴い身よ。わたしのような罪人の娘が近づいていいはずがないわ」

「エルナ様がお近づきにならなくても、ユリアン様のほうが距離を縮めてこられるじゃありませんか」

いけしゃあしゃあと答えるマリーに、ため息しか出ない。

「……縮めてなんかこないわよ。ユリアンは親切なだけ。わたしを哀れに思ってくれているだけだわ」

エルナはスプーンを持ち上げて、スープをかき混ぜる。マリーは身を乗り出し、ふざけた様子から一転、真剣な面持ちになった。

「ユリアン様が味方になってくだされば、最上。皇帝になったあかつきには、フシュミスル家の名誉が挽回されるかもしれません。それを目指さないと」

「目指すって？」

「皇妃になれたら、最高じゃありませんか」

エルナはあきれ果てて首を左右に振った。

「そんなことはありえないわ。わたしは罪人の家族なのよ。ユリアンが結婚するのは……皇妃になるのは、他国の王女か有力で潔白な貴族の娘よ」

エルナとユリアンの関係になんらかの進展があるはずがないのだ。

マリーが悔しそうに唇を噛む。

「あんな事件さえ起きなければ」

その姿を一瞥してから、エルナはうつむいてパンをちぎった。

「……そうね」

父が暗殺の罪に問われて処刑されなければ、エルナはフシュミスル公爵家の令嬢として大切に育てられ、ゆくゆくは婚約者であったコンラートと結婚しただろう。しかし、現在、エルナは死ぬまで修道院で過ごさなければならない身だし、コンラートも半年前に薨去(こうきょ)してしまった。

(約束された未来なんて、儚(はかな)く壊れてしまうものだわ)

確かなものなど何ひとつない。

「……マリー、ごはんを食べましょう。いつまでも片づけなかったら、みなに迷惑をかけるわ」

「嫌みを雨あられと浴びせられますものね」

「マリー！」

つい眉に皺を寄せてたしなめると、マリーは小さく舌を出した。

「すみません、姫様。つい本音が」

「……マリー、本当に気をつけてね」

エルナはため息を呑むと、スープをすくって口に入れる。野菜のたっぷりと入ったスープは、すっかり冷え切っていた。

翌日の早朝のことだった。

うっすらと明るくなった部屋で、エルナは灰色のローブに着替え、水を溜めていた盥で顔を洗う。顔を拭っている最中に部屋の扉をコツコツと叩かれた。

「こんな朝から珍しいこと」

マリーが扉に向かう。

エルナは急いで顔を拭い、盥の水に映った自分を眺めながら急いで髪を梳く。

扉を開けたマリーは、面食らった声を発した。

「副院長様……！」

立っていたのは、この聖マグダラ修道院の副院長だった。

頬がこけ、目尻がつり上がり、唇を常に引き結んでいる。着ている白いローブにはシミも皺もなく、常に厳格な空気が漂っていた。

（副院長が部屋を訪ねてくるなんて、珍しいことだわ）

院長に、副院長。エルナはこの修道院の上層部に嫌われていて、ほとんど無視されているのだが。

不機嫌そうにも見える表情で立つ副院長は、すぐ前に立つマリーではなく、部屋の中ほどにいるエルナに向けて命じる。

「エルナ修道女は今すぐ院長の部屋に行くように」

「……わたしに何か至らぬところがありましたか？」

エルナは副院長に近づき、慎重に問う。

「話は院長のところで聞きなさい」

副院長の反応はそっけない。エルナは早々に気持ちを切り替えた。

「わかりました、すぐに参ります」

身支度は整えていたから、あとは髪を隠すだけだ。流れる黄金の髪を灰色のヴェールで隠してしまうと、心配そうにするマリーを目で制して副院長の後ろにつく。

廊下を静々と歩きながら、頭の中では猛烈に思考が巡っていた。

（お薬をあげた患者が具合を悪くしたとか？）

しかし、その場合は直接エルナのもとに患者が来るはずだった。他の者たちは薬草の知識が不足しているから、エルナの治療に助言をすることができないのだ。

（もしかして……お父様とお母様に続き、わたしも罰せられることになったのかしら）

院長のところに呼ばれるということは、外から何か連絡が来たためではないか。となると、六年前の先帝暗殺の嫌疑がぶり返した可能性が考えられる。

(……わたしは何もしていない)

だが、そんな言葉ひとつで許されるほど、権力闘争は甘いものではない。

もしも、エルナの関与を示唆する証拠がわずかでも〝発見〟されたならば、おそらく許してはもらえないだろう。

(まずは、きちんと話を聞こう)

それから対策を考えようとエルナは冷静になろうとする。そうでないと、廊下の端で掃除をする修道女が、ハーブを入れた籠を手にした修道女が、エルナを見ては目を伏せる姿に、不安が煽られるばかりだからだ。

修道院でも奥まった、しかし、日当たりのよい場所にある院長室の前まで来ると、副院長がノッカーを叩いた。

扉を開けたのは、中年の修道女だ。一歩下がって入室を待つ彼女の前を、副院長は居丈高に顎をそらし、エルナは罪人のように頭を下げて通り過ぎる。

案内されたのは奥の執務室だった。部屋の最奥に執務机があり、六十を超えた院長が座っている。副院長とは逆に丸みを帯びた体型で、おっとりとした笑みがやさしげだが、実のところはひどく気分屋で、不機嫌な彼女に八つ当たりをされて涙をこぼした修道女が何人もいる。

部屋の脇に控えていたのは、旅装の男だ。風よけのマントを身に着けた男は、亜麻色の髪を撫でつけ、ひげをきれいに剃って、家から出てきたばかりというようなこざっぱりとした格好をしている。彼は感情の窺えない灰色の目をエルナに向けてきた。

副院長が小さく顎を引いた。

「院長様、エルナ修道女を連れてまいりました」

「ああ、ご苦労さま」

朝っぱらから院長はやけに明るい。いつもとは異なる状況にもかかわらず上機嫌な様子なので、エルナの心に警鐘が鳴る。

内心で身構えつつ次の言葉を待つと、院長はエルナと旅装の男を見比べた。

「エルナ修道女、こちらは都からお越しのリーヌス様。皇太子殿下のご使者で、あなたにお話があるそうよ」

「ユ……皇太子殿下がどうかなさったんですか？」

血の気が引く思いでエルナはたずねた。

何年も顔を合わせていないというのに、ユリアンは待遇改善を院長に手紙で依頼し、エルナの現況を心配してくれていた。罪人の家族であるエルナと懇意になっては損をするかもしれないのにだ。

リーヌスは一礼をすると、エルナをまっすぐに見つめる。

「先ごろ、ユリアン様のご依頼で薬をつくっていただいたことを覚えていらっしゃいますか？」

「もちろんです」

咳がひどく熱の上がり下がりを繰り返しているという病状を伝える手紙と、病を治すために協力してほしいと書かれた手紙がユリアンから届いた。そのため、エルナは手元にある東洋由来の薬草を配合し、丸薬にして送ったのである。

「それが……何か？」

「実は、エルナ様のお薬を飲んだあと、殿下の状態が悪くなりまして……ひどい咳に苦しんでおられます」

「そんな……！」

今度こそ本当に血の気が引いた。心臓がうるさく鳴りだす。まさか、調合をまちがっていたのだろうか。

「ほ、本当なのですか？」

「はい。それで、エルナ様に都に来ていただきたいのです」

「わたしが都に……」

呆然と繰り返したあと、まずは気がかりなことをたずねる。

「……皇太子殿下の容態は相当に悪いのですか？」

喉から押し出した声は震えていた。どんな様子なのか、気になって仕方がなかった。

「病状は悪化しておりますが、今のところ、命にかかわるほどではありません」

「……よかった」

ひとまず胸を撫で下ろす。おそらくは、エルナの薬が合わなかったから、病状が悪化したのだ。

(わたしの腕はまだ未熟なのだから、ユリアンの容態をこの目で見て、調べてから、薬を調合するべきだったんだわ)

手紙に書かれた症状だけを頼りに薬を調合したのは、やはり無茶だった。

本来ならば実行しないことをあえてしたのは、彼の手紙が切羽つまっていたからだ。

『エルナしか薬の調合をまかせられる人はいない。誰も信用できない。エルナ、頼む。俺のために薬を送ってくれ』

そんな要求を断ることはできなかったのだ。

「リーヌス様。エルナ修道女を都にお連れになってから、どうなさるのですか?」

院長が意味深な微笑みを浮かべて問う。院長の頭の中では、エルナが罰を受ける未来が描かれているようにも思える。

「ユリアン様と面会し、お話をしてもらう予定です」

「お話?」

「そうです。ユリアン様はエルナ様の調合に問題がなかったか、知りたがっておられます」

「エルナ修道女がわざと調合を誤ったのかもしれませんしね」

院長が納得したようにうなずき、エルナは顔を青くした。

「わ、わたしは、そんなことはしていません」

「エルナ修道女は先帝暗殺の罪によって処刑されたフシュミスル家の令嬢。しかも、毒の知識を父公爵に伝えたとも聞きます。皇帝の慈悲により命を救われ、神に仕える修道女としての人生を赦されたというのに、まさか皇太子殿下に毒を盛るなんて」

院長は頬に手を当てて恐ろしげに肩を震わせる。エルナは必死に否定した。

「そんなことをするはずがありません！　皇太子殿下は恩人だというのに！」

「とは言っても、皇太子殿下は容態を悪くしていると言うじゃありませんか。それこそ、あなたの行いの証明では？」

院長の皮肉に、エルナは視線を床に落とした。

（どうしよう……）

エルナは薬を調合しただけだ。しかし、ユリアンの容態が悪化した以上、そんな理屈が通るだろうか。

（わたしの立場を考えれば、きっと難しい……）

それでも、本心から繰り返すしかない。

「わたしは、毒を盛ってはいません。情けをかけてくれた殿下の恩を仇で返すなんて、そんなことをするはずがありませんから」

エルナは院長をまっすぐ見つめて言う。彼女が侮蔑もあらわに鼻を鳴らすと、低い声が響いた。

「ここで言いあっても埒（らち）があきません。釈明したいことがおありなら、ユリアン様の前でするべきでは？」

リーヌスの指摘はもっともだった。院長は冷水を顔に浴びせられたように顔をしかめると、エルナに向けてうなずく。

「エルナ修道女。リーヌス様のおっしゃるとおり、あなたの弁明はわたくしではなく、皇太子殿下にするべきことです。部屋に戻って、すぐに出発する用意をなさい」

「今すぐに……」

内心の驚きが声と化して口から出る。確かに持ち出さねばならぬような大量の荷はないから、今すぐにこの修道院から離れても、問題はないが。

「……マリーを、侍女を連れて行ってもよろしいですか？」

まずは解消しなければならない懸念をたずねると、リーヌスは小さくうなずく。

「もちろんです。その方もすぐに出られますか？」

「大丈夫です」

マリーはエルナが修道院に入れられるときにも迷わず付き合ってくれた忠義な侍女だ。ユリアンの待つ都へと出向くこの旅にも付き合ってくれるはず――。

（でも、本当にいいのかしら）

行く末を想像すると、この修道院に置いていくほうがマシなのかもしれない。

（……いいえ、きっと、苦労するわ）

マリーをひとりで残せば、彼女に対する風当たりはさらに激しくなるだろう。

「さ、すぐに出ていきなさい」

院長がハエを追い払うように手を振る。エルナは小さく顎を引いた。

「長らくお世話になりました。聖マグダラ修道院の発展をお祈りいたしております」

礼を述べてから、エルナは院長室を辞す。すぐあとにリーヌスがついてきた。たとえどんな理由があるにせよ、修道院の中において男がそばにいるという事態には困惑する。

「……リーヌス様。修道院の外で待っていただくわけにはいきませんか？」

「女性の荷は多いと聞きます。お手伝いいたします」

「……それほど多くありませんよ」

エルナは苦笑をしつつあしらう。フシュミスル家のほとんどの資産は没収されて、手元に残っているのは、支給された衣服くらいだ。

自室に着くと、エルナはリーヌスをまなざしで制止して、ひとりで入室する。

雑巾（ぞうきん）で棚を拭いていたマリーは急いで近づいてきた。

「姫様、何かありましたか？」

エルナの手を取りかけて——すぐに離す。おそらくは雑巾に触れていたことを気にしたのだろう。エルナはあえて彼女の右手を自分の手で挟んで言う。

「マリー、わたしは都に行くことになったわ。ユリアンが体調を崩したらしいの」

「えっ」

マリーが眉を跳ね上げる。彼女はエルナがユリアンの薬を調合したことを知っているから、急な召喚と関係があると瞬時に悟ったのだろう。

「それでね、マリーは――」

「あたしも同行いたします」

きっぱりと即答され、目の奥が熱くなる。涙をこらえて微笑みをつくった。

「マリー、本当に一緒に行ってくれる？　あなたも連れて行くと、すでに伝えてしまったのだけれど」

「もちろんです。そもそも、姫様の道中のお世話は、あたしの仕事ですよ？」

軽口のようにさえ聞こえる真摯な本音に、エルナは少しの間、うつむいた。彼女に対する感謝と喜びがこみあげる。

礼を告げる声は涙声になってしまった。

「ありがとう、マリー」

「お礼なんか要りません。ところで、出発はいつですか？」

「今すぐにですって」

「はぁ!?」

マリーは素っ頓狂な声を放つ。エルナは彼女の手を解放すると、しょんぼりと告げた。

「急な話よね。でも、早く都に来いという命令で」

マリーは腰に手を当てた。

「では、さっそく荷造りいたしましょう！」

マリーはそう言うと、棚をさっさと拭き上げてしまう。それから掃除道具を片づけ、本格的に荷造りに取りかかる。

物置からトランクを出し、キャビネットに入れていた服や下着を次々に入れる。

エルナはキャビネットの服の間から取り出した真珠の飾り櫛をハンカチーフに包んだ。唯一持っている母の形見だった。

小さなトランクふたつにすべての持ち物を入れたところで、叩扉の音がした。応じると、リーヌスが顔を出す。

「ご準備はお済みになりましたか？」

リーヌスが眉ひとつ動かさずに問う。マリーがすっかり荷をまとめているのを確認して、エルナはうなずいた。

「大丈夫です」

「では、出発しましょう。できるだけ早くお連れするようにユリアン様から命じられております」

「わかりました」

エルナは平静を装って答える。ユリアンの容態はどうなのか、エルナはどんな罰を受けるのか——心配は尽きないが、もはやトゥールに行くしかない。

とはいえ、あと少しだけ時間の猶予をもらうことにした。

「薬を三包だけつくらせてもらえませんか？　すぐにつくります。数日後に訪ねてくる患者がいるんです」

エルナが告げると、リーヌスは一拍の間のあとにうなずく。

「かまいませんが、できるだけお早く」

「わかりました」

エルナは診療室に赴き、容器に入れていた薬草を少しずつ集め、それらの薬草を粉砕し、蜂蜜で練って丸薬をつくっていく。

まもなく治療が終わる三人の患者のための薬だ。それを清潔な布に包むと、木札を薬の上に置く。

（あとは薬草をもらおう。もしかしたら、ユリアンの治療に使うかもしれない）

持ち運びができる壺に、なかなか手に入らない希少な薬草を入れていく。

フシュミスル家が健在なころに異国から取り寄せた薬草は、できるだけ持参したかった。

しかし――。

「エルナ修道女。ここで何をしているのですか？」

突然の叱責に振り返ると、入室してきたのは副院長だった。険しい表情でエルナを睨みつけてくる。

「薬草をいただこうかと……」

「ここにある薬草はすべて、聖マグダラ修道院のものです。あなたが勝手に持って行くことは許されません」

副修道院長の発言にたまらず反論する。

「で、ですが、この中にはフシュミスル家から持ってきたものがあります」

治療に際して頼りにしていた薬草がいくつもあった。だが、副院長は棚に近づくとそれを背にかばうようにしてエルナの前に立ちふさがる。勢いに圧倒され、思わず数歩退いた。

「それならば、なおさら修道院に置いていってもらわなければ。あなたにフシュミスル家の資産などあるはずがないのですから」

副院長の言葉に打たれて、エルナは一瞬棒立ちになったが、すぐに気持ちを切り替えた。

「……貴重なものは置いていきます。ただ、道中何が起こるかわかりませんから、ほんのわずかだけでも分けていただけませんか」

黙って懇願を聞いていた副院長は、渋面でうなずいた。

「まぁ、少しだけならかまわないでしょう」

副院長の〝慈悲〟にエルナは心から感謝を告げる。

「ありがとうございます」

エルナはよく使う薬草を手早く壺に集めてしまうと、副院長に作業机の上の包みを指さした。

「副院長様、お忙しいとは存じますが、こちらは一月前から薬を調合していた者たちの薬です。訪ねて来たら、お渡しいただけませんか？」

「もちろんです。修道院は人々の診療のために門を開いていますから」

そっけない返答ながら、依頼を受けてもらえることに安堵して、エルナは軽く頭を下げる。

「副院長様。長らくお世話になりました」

礼を告げるエルナの耳に、荒く息を吐く音が響く。

「……神のご加護により旅が無事に終わるよう祈っておきましょう。もっとも、そのあとはどうなるか知りませんが」

「ありがとうございます。わたしも聖マグダラ修道院の平穏を祈っております」

廊下に出ると、リーヌスが待っていた。

「リーヌス様」

「リーヌスとお呼びください。あなた様は公爵家のご令嬢です」

「おとりつぶしになった家ですのに」

「それでも、あなたはわたしよりもはるかに貴いご身分のお方です」

愛想のない返答に、エルナはなぜか滑稽な気分になった。

「……そんなふうに扱われるのは、久しぶりです」

「これから、そうなるかと存じます。では、参りましょうか」

リーヌスは壺を受け取ると、エルナの先を歩きだす。その広い背中を眺めながら、エルナは心の中で修道院への別れを告げた。

馬車に乗り、途中の宿に泊まりながら旅を続けて八日後。一行はトゥールに到着した。

「この道を辿るのも久しぶりですね」

馬車の窓から外を覗いて、マリーは言う。エルナは膝に置いていた書から目を離し、同じように外を見た。

街を守るように囲む森を抜ける道は、父母と幼いエルナが皇帝のご機嫌伺いのため、上京するときに通ったものだった。

「本当ね。ずいぶん昔の気がするのに」

「六年しか経っていないんですけどね」

マリーに応じられ、苦笑をこぼす。

「もっと長い時間が経っている気がするわ」

修道院にこもり、薬草を調合するだけの日々を過ごしていると、時間がどれほど経っているのかわからなくなった。あのまま修道院にいたら、ただ年老いていくだけだったのだろうか。

「この森を過ぎたら、エレンブルン宮殿ですね」

「そうね」

「昔と変わらないんでしょうか……。姫様は覚えておいでですか？」

マリーに訊かれ、エルナは記憶を探る。

脳裏によみがえるのは断片的な記憶だ。上質な上着（コート）と脚衣（ブリーチズ）を着た貴族と、絹のドレスと宝飾で着飾ったご夫人方が踊る舞踏会は覗いただけでワクワクしたし、テーブルいっぱいにごちそうが並べられた晩餐会（ばんさんかい）を覗き見したときは、焼けた肉の香りがおいしそうで、うらやましくてならなかった。

『いつか俺たちもあそこで踊るんだぞ』

ユリアンに連れられて、舞踏会を陰からこっそりと眺めたとき、彼は弾んだ声でエルナにささやいた。子どもは入れない大人だけの楽しみを、いつか自分も分かち合えるのだとエルナも信じていた。

今になって、無邪気に未来を信じた自分は愚かだったと悟る。公爵家の娘という身分であっても、平和な未来など約束されたものではなかったのに。

「姫様！」

マリーに声をかけられて、エルナは現実に引き戻された。

「あ、ええ、覚えているわ。舞踏会を覗いたとき、控え室のお菓子をこっそり部屋に持ち帰って食べたのよ」

「そういうこともありましたねぇ。姫様ったら、あたしの分までくださって」

「たくさんあったのよ。ご夫人がたはウエストを気にして食べないっておっしゃっていたし……だから、遠慮なく持って帰れたわ」

エルナは肩をすくめる。マリーが口に手を当てて笑いをこぼしてから、しみじみと言う。

「姫様が社交界にデビューするときは、別の意味で大騒ぎになるだろうと心配しておりましたよ。お姿が見えなくなったと思いきや、控え室でお菓子をむさぼっているんじゃないだろうかって夢想して」

「あながちまちがいではないと思うわ。きっと、そうなったと思うのよ」

ふたりして笑いあう。本当は不安でたまらないが、軽口を叩くと、胸の中がミントを口にしたようにスッとする。

「ああ、エレンブルン宮殿に一晩でもいいから泊まりたいものですよね。ふかふかのベッドで寝かせてほしいものですよ」

とマリーが首を振れば、エルナも冗談で応じる。

「本当ね。羽毛を詰めた上掛けの下で眠りたいわ。一晩くらい許してくれたらいいのに」

「姫様ったら」

もしかしたら、すぐに牢に入れられてしまうかもしれない。最悪の場合、父母のように処刑されてしまうのかもしれない。そんな暗い思考に囚われないように、あえて明るい話題を出し続ける。そうこうしているうちに、宮殿の外壁が見えてきた。

巨大な門を抜ければ、宮殿の威容(いよう)が嫌でも目に入ってくる。

白亜の宮殿はまるで両翼を広げた巨大な鷲だ。政務の場である中央棟は柱頭にも装飾が少なく質実な姿を見せている。

しかし、社交の場である右翼棟はクリーム色と煉瓦色(れんがいろ)の切り石を組み合わせ、サファイア色の屋根がのる美しい建造物だ。さらには、彫像が建物の随所を飾り、優美な外観を保っている。

「……変わらないわ」

エルナは感慨を込めてつぶやいた。

帝国の中心たるエレンブルン宮殿の荘厳さは以前と同じだ。

けれど、かつては素直に憧れたそこが、今では恐ろしくてたまらない。

皇帝の生活の場である左翼棟に馬車がついた。エルナがリーヌスの手を借りて馬車を降りると、門衛たちが扉を開ける。

玄関ホールは色石と大理石で幾何学模様が描かれ、頭上にはダイヤモンドにも似た輝きを放つシャンデリアが吊るされている。ホールの正面の壁には、神話の一場面が描かれた長幅の絵が飾られているが、絵を支える額は輝きを抑えた金鍍金（メッキ）のもので、重々しい空気をかもしだしている。ホールの両端には優雅な弧を描く階段が二階へと続くが、薔薇（ばら）の装飾がからみつく大理石の手すりは雪のように白かった。

エレンブルン宮殿は、どこもかしこも精緻（せいち）に飾られて美しい。質素な修道院を見慣れた目には、あらゆるところがまばゆく映る。

「こちらです」

リーヌスに案内されて、エルナはマリーを従えつつ粛々（しゅくしゅく）とついていく。

階段をひたすら上り、三階の奥に連れられる。

「ユリアン様がお待ちです」

リーヌスは言うなり、扉を叩く。中から扉が開かれて、エルナはためらった。

「どうぞ」

リーヌスの言葉にはまったく感情が伴っていない。

エルナは喉を鳴らしてから覚悟を決めた。だが、扉を開けた侍従の脇を通り、足を一歩部屋に入れた瞬間、背後から言い争いの声がする。

「マリー殿は外でお待ちを」

「そんな！　姫様に何をなさるおつもりなんですか!?」

リーヌスに制止されたマリーが突っかかっているのを、エルナは振り返って確かめる。

「マリー、わたしは大丈夫よ。まずはユリ——皇太子殿下の容態を確かめなくては」

「それはそうですが……」

「少し待っていて」

マリーと話しているうちに、エルナは落ち着いてきた。

(そうよ、とにかくユリアンの体調を確認しないと)

エルナは上質な調度品が置かれた客間と居間を抜け、寝室に入る。

大窓からはふんだんに陽光が差し込み、毛足の長い絨毯(じゅうたん)を照らしている。部屋の北側に設置された天蓋(てんがい)のついたベッドは四隅を守る柱に垂れ布が結ばれているおかげで、寝ている人物の黒髪がよく見えた。

ごほりと咳をする音がした。立て続けに放たれる咳は苦しげで、聞いているだけで胸が苦しくなるほどだ。彼が身体を起こす気配がして、エルナは急いで近づいた。

「エルナ？」

上半身を起こした青年の顔を見たとたん、雷に打たれたような気がした。

黒髪をうなじで揃えた青年が奥二重のやさしげな目をエルナに向ける。黒水晶に似た瞳、高い鼻梁、適度な厚みの唇。整った容貌の青年が、記憶にある少年とはすぐに結びつかなかった。

彼はうれしそうに目を細める。

「エルナ、久しぶり」

「ユ、ユリ――いえ、皇太子殿下……」

「ユリアンでいい――」

彼が口元に浮かべた笑みはどこか弱々しかった。すぐそばに寄ると、顔色を確認する。

「……ユリアン、容態は？」

彼はエルナを見上げてから、ふいにベッドに身を伏せた。身体を曲げて咳を立て続けにする姿は痛々しく、エルナは眉を寄せて彼の背を撫でる。

「ユリアン、大丈夫？」

彼はひとしきり咳をしてから、脇のテーブルを指さした。エルナはそこに置いてあった水差しからグラスに水を注ぎ、彼に差し出す。

ユリアンは水を一気に飲み干してから、息を吐いた。

「ありがとう」

「いいえ……」

グラスを受け取る際に指が触れ合って、心臓がひとつ跳ねた。長くて骨ばった彼の指に視線が惹きつけられてしまい、エルナは無理やり引きはがす。

グラスをテーブルに置くと、改めて彼と顔を合わせた。

白い夜着を着たユリアンは、額にかかった髪をかきあげてから、気だるげに息を吐く。

「ずっとこんな調子なんだ」

「苦しいでしょう？」

エルナの薬のせいで彼の体調は悪くなってしまったのだ。申し訳なくてたまらなかった。

ユリアンが嗄（か）れた声で答える。

「発作みたいに咳が出てね。特に夜は咳が続いて、眠れなくなる」

「そう……」

エルナは聞きながら猛烈に思考を巡らす。

ユリアンの容態をやわらげる薬草がないか、記憶の中の調合をあさる。

「おまけに、たまに熱が上がって、そのときも苦しいな」

「熱も……。お医者様には診せたの？」

エルナがたずねると、ユリアンは派手に顔をしかめた。

「診せたよ。薬も出してもらったし、瀉血もしてもらった。でも、あまり効果がないんだ」

「あなたはこの国の皇太子様だもの。国中の医師を集めて――」

「俺はエルナに薬を処方してもらいたい」

揺るぎのない口調で言われて、エルナは喉に言葉を詰まらせた。

「エルナなら、適切な処方ができると思うんだ」

「……そうとは限らないわ」

「エルナの薬だったら、安心して飲めるんだよ」

「でも、わたしが献上した薬は効果がなかったんでしょう？　それどころか、体調を崩してしまったのよね？」

エルナは確認の意味で問う。

「確かに、エルナが処方してくれたあの薬は、身体に合わなかったかもしれない」

「ならば、わたしは役に立たないわ」

失望もあらわにうつむいた。

ユリアンの期待に応えられなかった。それが苦しい。

「エルナ。今ここにいる俺を診て、それから薬を処方してほしい。そうしたら、きっとうまくいくよ」

ユリアンは腕を伸ばしてエルナの手を摑むと、自分の手に乗せる。

「で、でも、ユリアンはわたしの薬を飲んで体調を崩したのでしょう？　それは、わたしの責任なのよ」

エルナが召喚されたのは、ユリアンの薬をまちがって調合した罪を贖うためではないのか。

「わたしを罰しないの？」

「……俺のために新たな薬を調合するのが罰だよ」

ユリアンが微笑んで言い放つ。

エルナは困惑のまなざしをユリアンに向けた。彼の穏やかな表情からは、怒りも恨みも感じられない。

「でも……」

「エルナ、俺を見捨てるのか？」

「まさか！」

悲しげに眉尻を下げるユリアンに、エルナは身を乗り出した。

「見捨てるわけないわ。許してもらえるなら、薬を調合する。少しでも回復に役立てるようにがんばるわ」

「エルナ……」

ユリアンはエルナの手を己の両手の間に挟んで、しみじみと言う。

「ありがとう、エルナ」

「ユリアン……」

「ずっと心配だった。エルナがどんな生活をしているのか、つらい思いをしていないか。俺は留学先にいて、何もできなかったから。だから……」

ユリアンが苦しげな息を吐いてから、エルナを見上げた。黒い瞳が一心に見つめてくるから、うろたえてしまう。

「これからは、エルナが俺のそばにいてくれる。昔に戻ったみたいだよ」

「それは……」

子どもだったころを思い出す。ふたりでこっそり薬草狩りをしたこと、大人に内緒で城の中を冒険したこと。あのときは、こんな形で再会する日がくるなんて想像もしなかった。

「……昔とは違うわ。ユリアン、あなたとわたしの立場を考えて？」

エルナは彼の手の間から自分の手を引きながら言う。ユリアンには考えを改めて接してもらわないといけない。

「昔と違う？」

「あなたは皇太子殿下、わたしは先帝を暗殺した反逆者の娘。立場が全然違うわ」

エルナはうなだれた。口中に苦い味が広がる。

「昔みたいにはなれないのよ」

「エルナ……」

ユリアンは再度手を伸ばしかけ——しかし、おもむろにひっこめた。

「俺は……俺の気持ちは前と変わらないよ」

　ユリアンはエルナを一途に見つめてくる。

「これから証明する」

　彼の誓いはエルナを困惑させるばかりだ。だから、とりあえずは今からするべきことを口にしてはっきりさせる。

「とにかく……わたしはあなたの薬を処方する。それがわたしの役目だから」

「ああ、よろしく頼む」

　ユリアンが手を差し出してくる。

「握手してくれ、エルナ」

「握手？　え、ええ」

　エルナは伸ばされた彼の手を握る。すんなりと長い指を備えた彼の手は大きくて、エルナの手をすっぽり包んでしまう。離れていた六年の歳月とその時間が生んだふたりの境遇の差を象徴するかのようで、胸がちくりと痛んだ。

「俺をちゃんと治してくれよ、薬師様」

　ユリアンが不敵に笑ってからかう。幼いころと変わらない稚気のあふれた表情に、エルナの緊張もわずかにほどける。

「わかっているわ」

「治ったあかつきには、エルナにすばらしい贈り物をしよう」

ユリアンの笑顔は、昔と同じく無邪気だ。

「……あなたを治すのは当然のこと。贈り物なんて要らないわ」

「つれないなぁ」

ぷっと唇を突き出すユリアンは六年前に戻ったかのよう。エルナは懐かしいとも切ないともいえる感情を抱えながら、ユリアンの手のぬくもりに包まれていた。

二章　皇太子の求婚

翌日のことである。エルナは宮殿の厨房にいた。

周辺の庭で採取してきた薬草や保存されていた薬草を、小鍋でことことと煮る。

マリーが小鍋を覗いて興味深そうな顔をした。

「姫様、今回の薬はずいぶんあっさりした色ですね」

「リコリスやアストラガルスを混ぜてみたわ」

「修道院で煮た薬湯は黒い色でしたよね」

「使う薬草によって変わるのよ」

東洋の薬草を入れると、黒くなってしまうことが多いのだ。

エルナは薬湯の色を確認しつつ考える。

(あの丸薬は刺激が強すぎたんじゃないかしら……)

効能があるからといって異国の薬を混ぜすぎてしまったかもしれない。

強い薬は毒にも似た効果をもたらすことがある。穏やかな薬効の薬にすることで、徐々に復調させる必要があると判断して、薬効の強すぎない薬湯を処方することにした。

できあがった薬湯をカップに移す。マリーに後片付けを頼むと、トレイにカップをのせてユリアンの部屋に赴く。部屋の前に着き、右腕でトレイを抱えて左手で扉を叩くと、中から開かれた。出迎えたのはリーヌスだ。

「ユリアン様がお待ちです」

にこりともせず言う彼に、エルナは微苦笑する。聖マグダラ修道院からずっと、リーヌスは愛想がない。

「わかりました」

「ユリアン様はエルナ様とお会いしてからまったく落ち着かず、今日も起床されてから、ずっとそわそわしておられました」

「……そうですか」

とたんに責任を覚えて、心が石を呑んだように重くなる。それほどまでに薬を待ちわびているのかと思うと、焦りも感じる。

「どうぞ」

リーヌスに案内されて部屋を進む。寝室に入ると、ユリアンは半身を起こして窓に顔を向けていた。

「ユリア――」

「よく来たね、エルナ」

エルナが呼びかける前に、彼はエルナに気づいた。

振り向いたユリアンは穏やかな微笑をたたえつつエルナを迎える。

「エルナ、薬はできたかい？」

「ええ。前の丸薬よりも薬効が穏やかな薬湯にしたわ。少しずつ身体の調子を整えてもらおうかと思って」

エルナはベッドの脇の丸テーブルにいったんトレイを置くと、すぐそばの椅子に座った。

それからトレイを彼の前に差し出す。

「どうぞ」

「……ありがとう」

ユリアンはトレイの上のカップを手にする。

だが、カップを傾けかけたところで、部屋の入り口のほうでリーヌスと言い争う女性の声が聞こえてきた。

「落ち着いてください。お話があるなら、あとで――」

「何があとでなの!?　どういうことか説明をしてもらわないと――！」

衣擦れの音と共に入室してきたのは、四十を過ぎたくらいの女だった。

頬骨の突き出た女は、銀地にアメシストを嵌めた髪飾りで黒髪をまとめ、中肉中背の身体を草花の刺繍（ししゅう）がされた紫色のドレスで包んでいる。彼女を目にしたとたん、エルナは椅子から立ち上がって、ベッドから人ふたり分の距離を取った。

女は腰を振りながら一目散（いちもくさん）にユリアンのそばに寄る。

「ユリアン！　これはどういうことなのです!?」

「母上、どうかなさいましたか？」

ユリアンは憎らしいほど余裕に満ちた表情で、カップの中の薬を茶のように飲んでいる。

「ユ、ユリアン、それはなんです!?」

「これは薬です。エルナがつくってくれたんです」

「やはり……！」

エルナを憎々しげに見てくるため、顔を伏せた。少し迷ったが、腰を軽く落として敬意を示す。

「……お久しぶりです、皇妃様」

「久しぶりね、エルナ・フォン・フシュミスル。あなたは死ぬまで修道院にいるのではなかったの？」

「もちろん、そのつもりでした」

エルナは上目遣いで皇妃を見た。

帝国皇妃であるザビーネは、ユリアンとコンラートの生母である先の皇妃が薨去したあと、後添えとして迎えられた女だ。古い貴族の血を引くが、生家は経済的に没落していて、皇妃になったというのに宮中での勢威はよくない。

しかし、コンラートとユリアンを愛情深く、かつ厳格に教育してきた皇妃だ。彼女はエルナに敵意のこもった視線を向ける。

「それなのに、わざわざ都へ出て来たのは、ユリアンに毒を盛るためですか？」

きつい言葉が胸の奥深くに刺さる。しかし、こんな言われ方をするのは、ある意味では当然とも言えた。

（わたしは先帝を暗殺した大罪人の娘だもの）

非難も甘んじて受けねばならぬ立場だ。たとえ、内心では父の罪を信じたくないと思っていたとしても。

「わたしは――」

「エルナを召喚したのは、他でもない俺です。非難は俺に向けてください」

ユリアンが淡々とカップを傾ける。ザビーネは目を見開いた。

「ユリアン！　それを飲むのは、おやめなさい！」

「母上、エルナが俺に毒を盛るはずがありません。彼女は幼なじみです」

「今は全然立場が違うでしょう!?　ユリアン、あなたは帝位を継ぐただひとりの皇子なのよ。うかつな真似はやめなさい！」

ザビーネが淑女としてのたしなみを忘れて叫ぶ。

彼女は自分の子を産めなかった分、コンラートとユリアンに実子と同じ愛情を注いできたという。母として必死な様子に、エルナは心臓を絞（しぼ）られたような気になった。

「もう飲みましたよ」

ユリアンはカップを受け皿に向けてひっくり返した。カップからは一滴も液体がこぼれない。

「ユリアン！」

「母上、落ち着いてください」

「このような事態で、落ち着けるはずなどないと思いますわ」

寝室の入り口に控えていた女が静々と近寄ってきた。

エルナとさほど年の変わらない女だ。燃えるような赤い髪に眦がつり上がった胡桃形の目。ほっそりとした首や腕がたおやかな美女は、金の瞳でエルナを睨んだ。

「先帝暗殺者の縁者が次代の皇帝にお近づきになろうだなんて、図々しいこと」

露骨に侮られ、エルナは絶句した。

（ここまで侮辱されるなんて……）

仕方のないことだと思いながらも、憂鬱になった。エレンブルン宮殿の中には敵しかいないのだろうか。

「リーゼ、エルナは国と俺のために城に来たんだ。貶めるのはやめてくれ」

ユリアンは顔をしかめて牽制する。

赤い髪の美女ことリーゼは唇を引き結んだ。

エルナは彼女の正体に気づいて、思わず口に手を当てる。

（リーゼ・フォン・バッスル。コンラートの婚約者だったはず）

エルナが聖マグダラ修道院に追い払われ、コンラートとの婚約も破棄されることになったあと、彼の婚約者になったのは、このリーゼである。

帝国内でも三本の指に入るほど強大な領地を持ち、様々な特権を持つバッスル公爵家の令嬢だ。

「ユリアン、あなたに薬と称して毒を送ったのは、この娘でしょう？」

リーゼはエルナを指さして、敵意もあらわに言い放つ。

「こんな女がエレンブルン宮殿にいるのは、ふさわしくないわ」

「リーゼ。この間、エルナに手紙で病状を伝えて薬を送ってもらったのは、俺の失態だった。エルナの目で俺を直に診てもらい、それからにするべきだったんだ。だから、今の状態こそが正しい。エルナはエレンブルン宮殿に滞在させて、俺のために薬を調合させる」

ユリアンが断言すると、リーゼの白い頬が林檎の色に染まった。

「軽率だわ、ユリアン。この娘は処刑されたフシュミスル公爵の娘。復讐のために毒を盛るとは思わないの!?」

リーゼは寝台の脇にひざまずいて身を乗り出した。その勢いにユリアンは軽くのけぞり、眉をひそめる。

「エルナは特殊な調薬の技を身に着けている。だからこそ、俺はエルナに薬を調合してもらっているんだ。この役目は、他の者にはできない」

「ユリアン、城の薬師を頼りなさい。そちらのほうがよほど安全だわ」

ザビーネが言うと、ユリアンは派手に顔をしかめた。

「城の薬師が安全だと言い切れるんですか？　兄上の突然の薨去の原因すらわからないというのに」

低い声での告発に、その場がしんと静まり返った。リーゼが肩を震わせる。

「……ユリアン、あなたは」

「リーゼ。エルナは俺の幼なじみだ。俺は彼女を信じている。エルナにとってもこれはチャンスだ。俺を治療できたら、彼女に向けられた疑惑の数々を振り払える」

ユリアンの視線はリーゼを通り越し、エルナに注がれる。ひたすらに信頼を告げるまなざしに、感謝の念が胸に広がる。

「そうだろう、エルナ。君が信頼を取り戻せば、君自身がフシュミスル家を再興することだってできる」

示された可能性は、想像だにしないものだった。

呆然としたあと、慎重に確認する。

「……フシュミスル家を再興……本当に可能なの？　可能ならば――」

「そんなこと、できるはずがありません！」

ザビーネが苛立たしげに割って入る。

「ユリアン、そんなことを言うなんて、冗談でも許されないわ。この娘の両親が何をしでかしたか忘れたの？」

ザビーネの反撃にユリアンが眉をつり上げる。

「忘れてなどいませんよ。だからこそ申し上げます。あのころ幼かったエルナに、何ができたと言うんですか？」

ユリアンの反撃にザビーネが言葉を詰まらせる。ザビーネを黙らせてから、ユリアンは余裕に満ちた表情で語りだした。

「母上。エルナは皇帝暗殺に関わるような娘ではありません。俺はよく知っています。幼いころから他人を思いやることができるやさしい娘だったのですから。さらに言えば、俺に毒を盛るはずもありません。おそらく薬がたまたま身体に合わなかっただけです。これから、エルナの薬を飲んで、証明してみせますよ」

堂々と擁護され、身の置き所がなくなるような思いを味わう。リーゼがエルナを斜めに見上げて睨みつけてくる。

「……人は……いえ、女は変わるものだわ」

「……わたしは、絶対に毒を盛ったりはしません」

息苦しくなりながら答える。とはいえ、言葉で主張するだけではだめだ。評価は行動の結果で決まるものだからだ。

「エルナ。もちろん、俺はわかっているよ」

「ユリアン！」

「母上。ご実家から戻られて、真っ先にここに来られたのでしょう？　俺が心配なのはわかりますが、家令が内廷費の決済をいただきたいと言っていましたよ。あと、どこぞの奥方への贈り物のご相談をしたいとか」

「ユリアン、話はまだ終わっていない――」

「終わったよ、リーゼ。君も母上に付き添ってくれ。母上の筆頭女官の君だ。お召し替えの手伝いや、不在の間の女官たちの仕事ぶりを報告させないといけないんだろう？」

ユリアンが落ち着いた表情でリーゼとザビーネを見比べる。ふたりは互いに顔を見合わせて、悔しそうにした。

リーゼは身を起こすと、肩を上下させて荒い息をする。

「……ユリアン。陛下は黙っておられないはずよ」

「父上は道理がおわかりになる方。エルナが俺の病を癒やしたら、彼女にはどんな企みとも関わりがないことを理解してくれるはずだ」

ふたりの憂慮を断固としてはねつけるユリアンの対応はありがたいけれど、彼の立場を考えると不安になった。エルナを庇いだてし続ければ、彼まで非難の的になる。

「とにかく、母上もリーゼも俺が心配だと言うなら、早く俺を休ませてください」

穏やかにいなされたというのに、ザビーネは肩を怒らせる。

「勝手になさい！」

怒りをまき散らすように部屋を出ていく彼女を、リーゼがあわてて追いかけていった。

ふたりの声が聞こえなくなってから、エルナはほっと胸を撫で下ろす。

（お父様のことを言われるのは、わかっていたけれど……）

糾弾されるのは仕方がない。覚悟をしていたつもりでも、罵声(ばせい)を浴びせられたら、やはり萎縮(いしゅく)してしまう。

物思いを打ち破ったのは、小さな咳の音だった。

「ユリアン！」

エルナは彼の背を撫でる。曲げた肘(ひじ)に口を押し当てて咳をする彼が痛々しくてならなかった。

「大丈夫？　ユリアン」

「まくしたてたら、喉に息がからんで——」

言いかけた言葉もまた咳に消える。エルナはベッドの端に腰かけると、本格的に背を撫でた。

「苦しいの？」

「大丈夫だよ……」

咳が治まったユリアンの背から手を浮かせて、エルナは唇を噛む。

「やっぱり、薬が合わなかった？」

「飲んだばかりだから、まだわからないだろう？」

冷静に指摘されて、小さく顎を引いた。

「……そうね、まだ、わからないわ」

一回だけでは効果があるかわからない。調合をはじめたばかりだからだ。

「エルナ、母上やリーゼの言葉は気にしないでくれ」

「……ユリアン」

エルナを見上げる目には、信頼と慈愛が宿っている。

「俺はエルナを信じてるよ。エルナの薬を飲めば、体調はきっとよくなる」

断言されて、冷静さを取り戻す。

「ありがとう。でも、大丈夫。ふたりはあなたを心配しているのよ。だから——」

だから、きつく言われても仕方ないと思う。

エルナの父の罪と罰、それを前提にしてのエルナに対する警戒心を考え合わせたら、彼女たちも不安と不満を口にしたくもなるだろう。

だが、ユリアンの言っていたとおり、彼の容態を改善できたなら、エルナへの悪評を打ち消すだけでなく、フシュミスル家の汚名を少しは雪げるかもしれない。

だとしたら、父母のために何もしなかったという罪悪感もわずかながら癒やされる。かすかな希望が生まれて、エルナは唇を引き締めた。

「ユリアン、がんばるわ。あなたを必ず元気にする。わたしを責めるのではなく、わたしの名誉のことまで考えてくれたあなたに、恩返しをするわ」

エルナは微笑むとトレイを手にして退室を告げ、その場から離れた。

（ユリアンを必ず治さないと）

どんなときもエルナを信じてくれる彼を、なんとしても救わなくてはならない。

エルナは静かな決意を胸に、廊下を急いだ。

翌日、エルナはマリーと王宮の庭に出た。幼いころ、ユリアンと薬草狩りをした庭だ。

「なんだか……昔と変わらない気がするわ」

「あのころ、姫様はおひとりで庭に脱走しておられましたものね」

「だって、自由に薬草を集めたかったから」

幼いころのように襟の詰まった装飾のないドレスを着て、森と庭が重なる場所を歩き回る。

懐かしさと切なさを同時に噛み締めながら草を踏んで奥に進む。

タンポポをひとしきり摘むと、バレリアンに手を伸ばす。

周囲をきょろきょろ見回しながら歩いていると、大木の根元にキノコが生えていた。

黒色の笠の縁が赤く染まった毒々しいキノコだ。

「まあ、すごい色」

鼻の頭に皺を寄せるマリーに対し、エルナは頬を上気させる。

「これはいいものが見つかったわ。滋養強壮（じようきようそう）に効果があるのよ」

エルナは目を輝かせてキノコの根をナイフでこそいでとった。手にして香りを嗅（か）ぐと、ほんのりと甘い。

「いい香り……」

大切に籠に入れる。薬湯の中身を少しずつ変えて、ユリアンの身体に最適な薬湯を処方しなければならない。

(病気は同じでも、患者によって少しずつ病状が違う)

かつてフシュミスル家に仕えていた侍医は、はるか東の国の薬方を教えてくれた。

希少な薬草の数々を分けてくれたし、基本的な薬草の合わせ方をも指導してくれた。

エルナは彼について薬方を習い続けた。生来虚弱(きょじゃく)な母を健康にしたかったからだ。

(それなのに、お母様はお父様の巻き添えになってしまった)

母は父と共に処刑された。父の暗殺を止められなかった罪を自ら負ったのだ。

(お母様を元気にしたかったのに……)

その願いも母の死と共に消え失せた。

(暗殺なんて……なぜ、そんなことをしたの、お父様)

頭の中で何度も反芻(はんすう)した問いを繰り返すと、悲しみがぶり返す。

「姫様、少し休みませんか?」

「……そうね」

エルナはマリーと共に近くの木の根元に座った。

マリーが籠に入れていたガラス瓶を取り出した。瓶のコルクを抜いて、湯冷ましをカップに注ぐ。カップを受け取ったエルナは、湯冷ましを飲んで息を吐いた。

「……けっこう喉が渇いていたわ」

「動き回りましたからね」

マリーも湯冷ましをごくごくと飲んでいる。

修道院で質素な生活をしていたからか、湯冷ましでも十分に満足できる。

「それにしても、色々な薬草が生えているんですね」

マリーが両手でカップを持って周囲をきょろきょろと見回す。

「宮殿の庭だもの。庭を散策するのは、貴族ばかりよ。その人たちが、薬草を摘んだりするはずがないでしょう？」

庶民であれば、薬草を摘んで売る者もいるだろうが、貴族の中にそんな者がいるはずもない。

エルナが説明をしたところで、遠くからマリーを呼ぶ声がした。その声はだんだんと近づいて来る。

「あら、誰かしら」

「マリー殿！」

草を踏みしめて近づいて来たのは、リーヌスである。彼はエルナたちの前に立つと、エルナに敬意を示す礼をしてから、マリーに顔を向けた。

「マリー殿、おふたりの部屋を模様替えするので、確認していただけませんか？」

「は？　今ですか？」

マリーの素っ頓狂な返事など気にもかけず、リーヌスは冷静に言う。

「はい。用意を済ませております。指示をいただきたく」

エルナはマリーと顔を見合わせた。交わす視線には戸惑いがにじむ。

(……ユリアンの指示かしら)

ほとんど着の身着のままでエレンブルン宮殿に到着したふたりは、ドレスから生活の品々からすべて、ユリアンの援助を受けているのだった。

マリーはエルナから視線をはずすと、眉を寄せた顔をリーヌスに向けた。

「……薬草狩りに来たばかりなんです。あとでは駄目ですか?」

リーヌスはうなずいてマリーの問いをあっさりと切り捨てる。

「今すぐお願いします」

それから足に根が生えたように黙って立ち尽くす。何があっても動かないと言わんばかりのリーヌスの様子に、マリーは深いため息をこぼした。

「……前にも思いましたけれど、リーヌス様はなかなかの頑固者ですよね」

「わたしは与えられた役目を実行するだけです」

口を一文字に結ぶリーヌスの様子に、抵抗するのは無駄だと悟ったのか、マリーは立ち上がり、エルナに顔を傾ける。

「姫様は……」

「わたしは薬草狩りを続けるわ」

「そうおっしゃると思いました。宮殿の庭ですから安全だとは思いますが、どうかご用心を」

「わかったわ」

マリーとリーヌスが立ち去って行く後ろ姿に手を振ってから、エルナはその手を持て余した。籠に入れた薬草をつまむと、指先でくるりと回す。

（……模様替えなんて、しなくていいの）

きっとユリアンの指示に違いない。ありがたいけれど、分不相応に思えてならない。

（まだ、わたしの薬が役に立つかわからないのだから）

修道院の日々で調薬の手技に自信を深めたが、ユリアンに処方した薬は効果がなかったどころか容態を悪くしてしまったのだ。考えただけで、胸が痛くなる。

（もっと、がんばらないといけないわ。ユリアンには早く復調してもらわなくちゃ）

エルナは周囲の人間を元気にするために薬理を学んだ。もっとも治療したかったのは、母だったけれど。

（お母様も元気にしたかった……）

この森にいると、母を――アマーリエを思い出す。美しくて、穏やかでやさしい、貴婦人の鑑のような女だった。

『エルナ、わたしのことは気にしないでいいのよ』

部屋で寝ている母に薬を運ぶと、そう言って微笑むのが常だった。透き通るように白い肌とほっそりとした身体。エルナと同じ金の髪と新緑の瞳の美人は、かつて貴公子たちの憧れの的で、名家の男たちから絶えず求婚されていたという話を知らず知らずのうちに聞かされていた。

『気にしないなんて無理。お母様、とにかく、これを飲んで』

そのときはまだ知識が不足していたから、侍医に習ったとおりにつくった薬湯を母に差し出す。苦い薬を彼女は嫌がることもなく飲んでくれた。

『おいしいわ、エルナ。ありがとう』

思い返すと実に頓珍漢な感想だが、当時のエルナは喜んだ。アマーリエが溌剌として外に出られる日を夢見て、せっせと薬を運んだ。

（薬を飲み続けていたら、きっと元気になるんだと信じて——いえ、夢見ていた）

不意に、グルルと獣が喉を鳴らす音がした。

視線を巡らすと、近くの草むらが不穏に揺れている。

（まさか、狼かしら……）

心臓が早鐘を打ちだして、エルナはおそるおそる立ち上がった。音がする方角に顔を向けながら数歩退くと——、ぽんっと背後から肩を叩かれた。

「きゃ……！」

「エルナ、俺だよ」

耳元で声がして、びっくりして振り返る。背後に立っていたのは、ユリアンだ。

「ユリアン、いつの間に！」

「エルナが前に気をとられている間に。背中が隙だらけだよ」

ユリアンは満面に笑みを浮かべている。エルナは眉を跳ね上げた。

「驚かすなんて、ひどいわ！」

「ごめんごめん。昔に戻った気になったんだ」

「ユリアンったら、信じられない！」

エルナはユリアンの身体をこぶしで軽く叩いた。彼はエルナの攻撃などまったく効かないと言いたげに笑っている。

「相変わらず騙されやすいね、エルナ」

「好きで騙されているわけじゃないわ」

エルナは唇を尖らせてたずねる。

「それにしても、あの繁みはどうしたの？」

また、ざわざわと音がして、草が揺れた。ユリアンといるこの場からは距離があいているのに、なぜあんなに動きがあるのだろう。

「狼だよ」

「嘘」

「そう思うなら、確認してみればいい」

ユリアンに誘われ、エルナは彼の背に隠れながら近づいた。

繁みの向こうを覗くと、狼ではなかったが猟犬が繋がれている。うろうろと動き回り、低くうなり声をあげる様子に、エルナは軽く身を引く。

（大きい……）

猟犬の様子に足がすくんでいると、ユリアンがエルナのほうを向いて意味深に微笑んだ。

「ちょっと違ったな」

「……ユリアンったら、ひどいわ。わたしを驚かせるために、猟犬を繋ぐなんて」

「ごめん。昔を思い出して……少し意地悪をしたくなったんだよ」

にこにこと笑う姿は屈託がない。

（……リーヌスを使って、マリーをわたしから引き離したのも、このためね）

こんな手のこんだことをしたのが、エルナの驚く顔を見たいからだけとは、あきれて物も言えない。

「エルナをびっくりさせるためだからね。どんな手間でもかけないと」

ユリアンは子どものときと同じようにいたずらな笑みを浮かべている。彼の笑みを目にしていると、何年も会わずにいた隔たりが一気に埋まるような気がしてしまう。

（昔とは違うのよ）

心の中で言い聞かせる。

その証拠に、ユリアンはあどけない少年の面影が消えて、もはや大人の男になっている。背はエルナを追い越すどころか見下ろしてしまうほどだし、がっしりとした肩と厚みのある胸板には力強さが満ちている。奥二重のやさしげな目元は昔と変わらないけれど、頬から顎の線はすっきりと引き締まっていて、彫像のように美しかった。

エルナはこほんと咳払いをしてから、冷たい表情をつくってユリアンをたしなめる。

「趣味が悪いわ、ユリアン」

「すてきな趣味だろう？　エルナの無防備な表情を楽しむっていう高尚な趣味だ」

「どこが高尚なのよ」

「それに楽しいんだよ。エルナは本気でびっくりしたり、困ったりしてくれるから」

「そんなことを楽しむなんて……！」

渋面になって抗議するが、ユリアンはほがらかに笑う。裏になんの意図もないと言わんばかりの陰りのない笑い。それがまだ無邪気に遊んでいた幼い日の記憶を呼び起こす。

「この庭だか森だかわからないところにいると、エルナと薬草狩りをした日を思い出すね」

「覚えているの？」

「覚えてるよ。エルナは薬草を集めるのに夢中だった。俺はそんな君と一緒にいるのが楽しかった」

頬がわずかに熱を帯びる。照れくささもあった。

「……楽しくなんてなかったでしょ？　わたしは薬草にしか注意を払っていなかったし」

「そこがよかったんだよ」

ユリアンは微笑んで、エルナの籠に手を入れた。薬草を取り出して、目の高さに掲げる。

「これはバレリアンだね。神経過敏や不眠症に効果があるっていう」

「そうよ。よく知っているわね」

「知ってるよ。これはセージだね。喉の痛みや咳に有効だ」

ユリアンの指摘はいちいち正確で、エルナは目を丸くする。

「すごいわ、ユリアン。どうしてそんなに詳しいの？」

「エルナのおかげだよ」

「わたしのおかげ？」

意外なことを言われて、思わず声が高くなる。

「そうだよ。エルナが好きなものを俺も好きになりたいし、詳しくなりたいんだ」

誇らしげに断言されて、エルナは瞼を半分伏せた。

「そ、そう……」

籠を持っていない手をこぶしにして胸に当てる。

（……ユリアンは、わたしと友達でいてくれようとしているのかしら）

幼いあのころと彼の心は変わらないというのだろうか。

「エルナ？」

顔を覗かれて、エルナは表情を明るく繕う。

「ユリアンがそんなに薬草に詳しいなんて知らなかったわ」

「エルナほどじゃないよ。追いつきたいけど、難しいね、薬草は。なかなか覚えられない」

「そうね。たくさんあるから。東洋の薬草まで覚えようと思うと、とても頭に入らないわ」

「組み合わせで効能が変わったりするんだろう？」

「ええ、そうなのよ。合わせて用いてはならない禁忌の組み合わせや、推奨される組み合わせ……色々あるのよ」

エルナはしみじみと語る。薬草の世界は奥深いし難しい。調合を誤ると、毒と同じになるのだから。

「とてもじゃないけど、そこまでは覚えられないな」

ユリアンが頬を爪の先で掻きながらぼやく。

「わたしに薬理を教えてくれたフシュミスル家の侍医も、一生勉強し続けなければならないと教えてくれたわ」

「大変なんだな」

ユリアンはうなずいてから、咳をする。

「大丈夫？」

「ああ」

そう答えてから、胸から押し出すような咳を立て続けにする。心臓をぎゅっと絞られたような気になり、彼の腕を摑んだ。

「ユリアン、少し休んだら？」

彼の腕を引いて、座らせようとする。

「いいよ。大丈夫」

「大丈夫じゃないわよ」

力を入れて腕を引いたが、ユリアンは一歩も動かない。意地になって腕を引いたら、体重をかけていた足が地面の凹凸（おうとつ）に引っかかった。

「きゃあっ」

倒れそうになったエルナを助けてくれたのは、もちろんユリアンだ。腰に回された腕の強さにうろたえるが、動揺をこらえて謝った。

「……ごめんなさい」

彼から離れようと身じろぎすると、ユリアンがエルナを抱きすくめた。

背中に回った力強い腕とびくともしないほどたくましい胸板がエルナを拘束する。自分の手足が萎（な）えてしまったのかと疑うほどに振りほどけない。

「ユ、ユリアン？」

「……エルナ、ごめん」

「どうしたの、急に」

謝罪の意味がわからずにたずねると、ユリアンが抱擁を深めた。ユリアンの肉体の力強さをまざまざと実感する。

自分をすっぽりと包んでしまうほど背は高く、筋肉には厚みがある。肌身に感じたとたん、心臓がどくどくと鳴りだした。

「ずっとエルナを助けたいと思っていた。でも、俺に力がないせいで、何もできなかった」

真摯な謝罪は想像もしないものだった。

「ユリアン、あなたのせいじゃないわ」

「俺のせいだよ。俺はあれからすぐに留学に出されて、エルナの様子を自分の目で確かめることもできなかったんだから」

「……わたしは感謝しているわ。それに、ユリアンは手紙を書いてくれたじゃない」

彼の腕に包まれて、エルナはつぶやく。

たびたび届いたユリアンの手紙は、闇夜に差し込む一筋の光だった。

（でも、最初は読むのがつらかったわ……）

境遇の落差を思い知らされるように感じたからだ。

しかし、ユリアンはエルナたちの生活を気にかけ、院長に待遇の改善を頼んでくれた。衣服用の布や調薬の道具を贈り、生活の援助をしてくれた。

（……ユリアンはわたしを見捨てなかった）

修道院に入り、父から恩顧をこうむった者たちですらエルナたちを無視する中、ユリアンだけが心を寄せ続けてくれた。

「ユリアンのおかげで、わたしとマリーの生活は楽になったのよ」

「それだけしかできなかったじゃないか。本当なら修道院から出してやりたかったのに」

背に回った腕にさらに力が入る。エルナはユリアンの体温とどこか甘い香りに全身を包まれ、めまいすら覚えてしまう。

「ユリアン……」

「エルナは暗殺事件には関係ないというのに、つらい目に遭わせた。俺は今までの苦労の埋め合わせをしたい」

焦りすらにじんだ宣言を聞き、逆に申し訳なくなってしまう。

「わたしは大丈夫よ、ユリアン」

「俺が大丈夫じゃない！」

ユリアンがエルナの抱擁を解いて、身体をわずかに離した。逃げることなど許さないと言いたげに、肩をしっかりと摑まれる。

「俺はエルナの名誉を回復し、修道院から解放したい。そのために――」

一瞬、言葉を切った彼に、エルナは思わず身構える。彼は何を言おうとしているのか。

「そのために、俺は――」

「こんなところで何をなさっているの、皇太子様」

草を踏みしめて近づいてくるのは、リーゼである。森の中では動きにくそうな裾の広がった絹のドレスには百合(ゆり)が咲き誇り、袖は蜘蛛(くも)の糸にも似た細いレースで縁取られている。耳に揺れているのは、金とルビーのイヤリング。全身から高貴な威圧感を放つ彼女は、さすがは名門バッスル家の令嬢だった。

リーゼは心配そうに眉をひそめた。

「ご病気が治っていないのに、無理をしてはいけないわ」

「心配をしてくれて、ありがとう。エルナを手伝ってやりたいと思ってね。俺のための薬草を集めてくれているから」

「エルナ嬢が手伝ってほしいと頼んだの？　図々しい女ね」

嫌悪もあらわな視線を受けて、エルナは軽く顔を伏せる。

バッスル家は二百年の歴史を誇る名家だ。そんな名家の令嬢にしてみれば、大逆者の娘であるエルナなど朽ち葉のように感じられることだろう。

だが、ピリピリした空気をものともせずに、ユリアンが軽く肩をすくめる。

「言っていないよ。俺が押しかけた」

「あなたはまだ病が癒えていないのよ。ベッドで寝て、治療に専念しなければ。悪化して、命にかかわるような事態になったらどうするの？」

リーゼはエルナを険しく睨む。彼女の言うとおりだから、エルナは薬草の入った籠の持ち手をぎゅっと握る。

「……ごめんなさい、リーゼ嬢」

「ユリアン、あなたは皇太子なのよ。その自覚を持って」

リーゼはエルナを空気のように無視すると、ユリアンの傍らに寄ってくる。それから親密そうに彼の腕に手をのせて、首を傾けた。

「あなたに何かあったら、次の皇帝は誰がなるというの？」

「……リーゼは俺の姉さんみたいだな。いつも心配ばかりしている」

ユリアンの微笑みは穏やかでやわらかい。

「俺がコンラートよりしっかりしてないせいかな？」

「コンラートの名は出さないで！」

リーゼが突然、怒りを爆発させて叫んだ。怖じ気づいたエルナは一歩退いてしまう。

「あんな薄情な方の名など聞きたくないわ……！」

リーゼの金の瞳がギラギラと輝く。エルナは彼女の剣幕に圧倒されて、言葉も出ない。

「あんな……あんな……わたしを平気で傷つけた男……バッスル家の名誉を踏みつけたも同然の男なんか……！」

「リーゼ、落ち着いてくれ。君は誇り高いバッスル家の令嬢らしい高貴な女性だ。そんな君が感情をあらわにしてはいけないよ」

ユリアンはエルナに目配せをした。声にならない詫びと別れを告げるまなざしに、エルナはとっさに顎を引く。

彼はリーゼの肩に手を置くと、彼女を促して歩きだした。

「それに、俺を呼びに来たのは、母上のご用があるからじゃないのか？」

「え？　え、ええ、そう。皇帝陛下がまもなく帰還されるでしょう？　その準備の件で相談があるのですって」

「そうだったな。舞踏会もあるんだった」

「そうよ。当然、ユリアンにも出席してもらわないと。みな、あなたと踊りたがるわ、きっと――」

ふたりは語り合いながら宮殿へと向かう。ユリアンに身を寄せるようにして歩くリーゼの背を見送りながら、胸がずきりと痛んだ。まるで鋭い針で刺されたようだ。

（なぜかしら……）

なぜ、こんなにも傷ついた気持ちになるのだろう。

（ユリアンとリーゼ嬢が一緒にいるのは、わたしといるよりも当たり前のことなのに）

コンラートの元婚約者であり、ザビーネの筆頭女官であるリーゼがユリアンの傍らに立つのは、なんら不思議ではない光景だ。

（それなのに……なぜ置いていかれたような気になるの？）

自分の反応が身勝手としか思えない。

エルナは籠の中の薬草をつまむと、目の高さに掲げた。しっかりしなければと自分を叱咤する。

（……わたしはユリアンの治療をするだけ）

まずはユリアンの肺病を癒やすこと。それがもっとも大切な仕事だ。

（……ユリアンは大切な友達なのだもの）

彼の病を癒やし、無事に皇帝に即位させることが、これまでの恩返しになる。

（よけいなことは考えちゃだめ）

胸に渦巻くもやもやを押さえつけると、エルナは薬草を求めてさらに森の奥に分け入った。

四日後のこと。

エルナは朝からユリアンの部屋に赴いた。

寝台に座った彼は、この間のような咳はなく、顔色もいい。

彼と向かい合って座り、診察を済ませたエルナは胸を撫で下ろす。

「よかったわ。薬が身体に合っているみたいね」

そばのテーブルに置いていた薬湯入りのカップを手にした。

「さ、これを飲んで」

ユリアンにカップを差し出す。湯気が上がる中身は、体調を整える薬湯だ。彼は一口飲むと顔をしかめた。

「苦いな……」

「我慢して」

エルナは笑ってしまう。ユリアンの渋面は子どものように素直なものだ。

「我慢するよ。エルナが言うなら」

薬を少しずつすすりながら、ユリアンは眉尻を下げた情けない顔をする。

「……そんなに苦い？」

「苦い」

「なら、蜂蜜でも舐（な）める？」

エルナは弟をからかう姉の口調で告げる。

「蜂蜜じゃなくて、他がいいな」

「何がいいの？」

エルナが冗談まじりにたずねると、彼が上目遣いで答える。

「エルナの舌」

「え？」

聞き間違いだろうか。今、舌とかいうとんでもない単語が耳に飛び込んで来たのだが。

「もしかして、舌って言ったの？」

「そうだよ、舌」

ユリアンは薬湯を優雅に飲みながら微笑んでいる。

「げ、下品だわ、ユリアン」

からかわれているだけだから、平静を保たなければと思うのに、頬が熱を帯びていく。

それをごまかすように、つい声を高くして反論してしまう。

「舌なんて舐めてどうするの？　味はしないでしょう？」

「……俺にとって、エルナの舌はきっと甘いよ」

「冗談はやめて。甘くないし、そもそも舐めるものじゃないわ」

エルナは唇を引き絞ると、ユリアンの首根に異常がないか確認し、心を落ち着ける。

それから、テーブルに置いていた帳面を眺めた。その帳面には、咳の頻度や飲ませた薬、投薬の回数などを記しているのだ。

（このままだったら、大丈夫そう……）

帳面に集中していると、放ったらかしにされたユリアンが切なげな息を吐いた。

「冗談じゃなくて、本気なのに」

エルナは顔をあげて腰に手を当てた。

「本気のはずがないわ。わたしをからかっているんでしょう？　蜂蜜が嫌なら……何がいいかしら。伝説の魔女のようにイモリの黒焼きでもかじる？」

「ひどいな、エルナ。そんなもの食べられないよ」

「じゃあ、何がいい？　バターでも持ってきましょうか？」

からかわれたのが腹立たしくて、つい怖い口調と内容になってしまう。

「悪かったよ、エルナ。そんなに怒らないでくれ」

「怒ってはいないわよ？　ユリアンが子どもみたいなこと言うから」

からかいの腹いせに、きちんとやり返してやる。

こうしたやりとりが、もしかしたらユリアンが調子にのる原因なのかもしれないけれど。彼が黙ってしまったので、エルナは帳面を眺めつつ考える。

(……夜中の咳が改善されたのは、よかったわ)

夜に眠れるならば、体調の回復が加速するはずだ。小さな安堵を覚えるエルナに、ユリアンがふと思い出したと言いたげに話しはじめた。

「そうだ、エルナ。明日は父上が国境の視察から帰って来られるんだ」

「……そうだったわね。とにかく、ご無事でよかったわ」

エルナは強いて微笑みを浮かべる。

皇帝は国境沿いの貴族の領地の視察に赴いているのだと、あらかじめ聞かされてはいた。帝国は、これまで大陸における異教徒との戦の最前線になっていて、戦争の準備を怠ることができない。

幸いにも、ここ最近は異教徒の侵攻がないが、皇帝の視察は貴族たちに己の義務を忘れさせないためのものだろう。

「エルナには、父上にご挨拶をしてほしいんだ」

「……わかったわ」

応じる声が頼りなくなってしまう。

ユリアンは――甘えてしまうようだが、味方になってくれる。しかし、皇帝は――。

(どういう態度を示されるか、わからないわ……)

修道院に追い出されてから初めての再会だ。緊張が喉元までせりあがってくる。

「ユリアン、皇帝陛下はわたしがここにいることをご存じなの？」

なんの説明もなくエルナが宮殿にいたら、皇帝はさぞ怒るだろう。

「ああ。手紙を書いて連絡はしておいた。俺の病を治してもらうための滞在だから、了解してほしいとお願いしたよ」

「返事はどうだったの？」

「特には何もなかったよ」

ユリアンはいたって平静だ。エルナは彼が飲み終わったカップを受け取り、テーブルに置いてから、一息つく。

（わたしがここにいるのは、ユリアンの治療のため……）

皇帝に責められたとしても、それを説明して滞在を許可してもらう。

それがエルナのなすべきことだが、実際に皇帝と面会してうまく説明できるだろうか。

「嫌だよな、父上と会うなんて」

ユリアンの声が気遣わしげだったから、エルナはあわてて彼に顔を向け、首を振った。

「い、嫌じゃないわ。礼儀として必要だもの」

宮殿に滞在するのに、挨拶もなしというわけにはいくまい。

会話が途切れて沈黙が落ちる。

話の切り出しようもなく帳面を眺めていると、ユリアンが口を開いた。

「……エルナに負担をかけてすまない、とは思っているんだ」

真剣な声音に帳面から顔を上げると、ユリアンは口元を軽く結び、再び話しだした。

「父上と会いたくないのは当然だよ。君の父上――フシュミスル公を処刑という形で殺したのは、父上だ」

「殺すだなんて、そんな……」

直截な言い方にひるんでしまう。自分の心の奥にある恨みがましい気持ちを見透かされたような気になった。

「エルナに苦しい思いをさせて申し訳ないとは思っているけど、俺の治療を続けてもらうには……このまま宮殿にいてもらうには、父上にエルナの存在を認めてもらわないといけない」

ユリアンに畳みかけられて、エルナはうなずく。

「……わかってるわ、ユリアン」

「だったら、父上と会ってくれるか？」

乞われて、エルナは一瞬、息を詰まらせる。じっと見つめてくる彼の視線は、いつもよりもずっと真剣だった。

（ユリアンはわたしのことを本気で心配してくれているのね）

それだけでも感謝したいとエルナは思う。

「……もちろんよ」

「エルナ、ありがとう。父上には、きちんとエルナを認めてもらわないといけないからね。この宮殿に滞在する客人だと」

「客人ではないわ」

苦笑して答える。皇帝にとっては——いや、ユリアン以外の人々にとって、エルナは宮殿にいてほしくない〝異物〟だろう。

「ごめん、客人なんかじゃなかったな。俺の薬師様だ。客人よりずっと大切な存在だ」

揺るぎのないユリアンの言葉が、ぐらつくエルナの心を支えてくれる。

（ユリアンは、きっとわたしの味方になってくれる）

そんな確信が生まれるほどだ。

エルナは水差しからグラスに水を注ぐと、彼に手渡した。ユリアンがおいしそうに水を飲む。

「陛下がお許しくださるといいけれど」

「許すさ、きっと。コンラート兄上亡きあと、父上にとって俺はただひとりの後継者。おそらく反対はできないはずだよ」

ユリアンの口調には、なんとなく尊大なものがある。思いあがっているように感じられて、心配になってしまう。

（……ユリアンが思いあがるとしても、当然ではあるのだけれど）

兄であるコンラートが薨去してから、彼の立場は一変したはずだ。コンラートの予備(スペア)から、唯一の後継者になったのだから。

ユリアンが空になったグラスを手渡してくる。それを受け取るエルナを彼は満足そうに見た。

「それにしても、父上は驚くだろうね。エルナがすっかり大人になって、しかもきれいになっているものだから」

「……驚くだけならいいけれど、ユリアンが責められたりしない？」

皇帝の処置を覆したとユリアンが叱責されなければいいのだが。

「父上が俺を責めるはずはないよ。事情を説明しているし、俺の肺病がよくなったことを知ったら、きっとエルナに感心するはずだ」

「ならばいいのだけれど……。陛下とは本当に久しぶりだから、とても緊張してしまうわ」

「最初だけだよ。父上は、エルナを傷つけることはなさらないはずだ。エルナはフシュミスル公爵夫人とそっくりだから」

「わたし、お母様には似ていないわ」

蒲柳の質だが、たまに顔を出す社交界の場では男たちの視線を一身に集めた美女。そんな逸話の持ち主の母アマーリエと健康そのもののエルナはあまりにも違いすぎて、幼いころは全然似ていないと思ったものだ。

「似てるよ。特にうつむいたときの控えめな姿が清楚（せいそ）な百合みたいで、公爵夫人と瓜二つだ。公爵夫人は、父上の憧れの女性だったというから」

「お母様が？」

「ああ。父上は公爵夫人を女神のように崇拝していたらしいよ」

ユリアンの話を聞きながら、エルナはつい鼻の頭に皺を寄せる。

(本当かしら……)

それなのに、母を救わなかったのだろうか。

(……だめよ、こんなことを考えては)

母は父と一緒に処刑された。それは母に罪があるとされたからだ。

(先帝暗殺を知っていて止めなかったという罪)

しかし、それは処刑されるほどのことだったのだろうか。

(……わからない)

考えたら、堂々巡りをするばかりだ。

「エルナ？」

ユリアンが怪訝な顔をして、エルナを覗く。

「ごめんなさい、考えごとをしていて……」

「心配かもしれないが、エルナは俺が守るよ」

一言一言、噛み締めるように誓ってくれる。

「……ありがとう」

「エルナは俺を癒やしてくれる唯一の薬師様だから。頼りにしているんだ」

ユリアンが手を伸ばしてくれるから、エルナは右手を彼の掌にのせる。

「父上にお会いして、堂々とこの城にいられるようにしよう」

「え、ええ」

不安と恐怖は、なかなか拭えない。しかし、ユリアンの手のぬくもりを感じていると、力づけられる。

(わたしひとりが生き残ってしまったのだもの。フシュミスル家の名誉を回復するために、怖くてもがんばらなくては)

ここでエルナが自分の存在を皇帝に焼き付けておくのは必要なことかもしれない。

(汚名を少しでも雪いで、お父様とお母様に報いたい……ユリアンが宮殿に呼んでくれたのは、チャンスを与えてくれたということなのだから)

ユリアンは己の手の間にエルナの手を挟み、微笑んで見上げてくる。

励ますようなまなざしに、エルナも微笑を返してうなずいた。


その日の夕方。

エルナは宮殿の前庭に出ていた。夕陽がまばゆく、つい眉の上に庇をつくる。

(すごい色……)

燃えるような色の夕陽が空を金色に染めている。

少し目をそらすと、自分が着ているドレスが目に入った。

紺色のドレスは銀灰色の百合がプリントされている。スカートの膨らみは抑えられ、袖も手首の部分にわずかなレースがついている程度の地味なものだ。まとめた髪に飾っているのは、母の形見の真珠のついた銀櫛だけ。

全体として抑制が利いたデザインのドレスは、今のエルナの立場にふさわしいものだ。

「リーゼ。舞踏会の準備はどう？」

「すべて完璧ですわ、皇妃様」

女官を五人ほど挟んで、リーゼとザビーネがやりとりをしている。

リーゼが着ているのは、夕陽と同じ色をしたドレスだ。

大胆にデコルテを開けたドレスは、全面に花草の模様がリズミカルに入り、袖口は豪奢なレースで覆われている。レースは霧のような繊細さでリーゼの細い手首を覆っているし、白い胸元には金地にエメラルドとルビーが連なるネックレスが輝いている。

エルナとは対照的に華やかな姿は、人目を引くには十分だ。

傍らに立つザビーネは、紫のドレスを着ている。控えめに開けられたデコルテ、すっきりとしたスタイルが上品な空気をかもしだしている。

エルナは自分が場違いな存在に思えてならなかった。部屋に閉じこもりたいが、そうもいかないために我慢する。

長々とした迎えの列の一番端に立っているのはユリアンだ。銀糸で裾に控えめな刺繍がされた上着（コート）に、黒の脚衣（ブリーチズ）と革のブーツ。高貴な姿は実に皇太子らしいものだ。

「皇太子殿下、お元気になられましたな」

「まったく安心しましたぞ」

ユリアンの周りには老貴族――おそらくは大臣たちだろう――が集（つど）って、喜びの声をあげている。

「肺を悪くされたと聞いたときは、どれほど心配したことか。皇太子殿下のお元気なご様子、まことにめでたいことです」

「心配をかけてすまなかった。こんなに体調がよくなったのは、すべてエルナ・フォン・フシュミスル嬢のおかげだ」

身体を縮めるようにして立っていたエルナの耳に、ユリアンの声が響く。後ろめたさなど欠片もない堂々とした賛辞に、大臣たちが戸惑ったように顔を見合わせた。

「ああ、それは――」

「エルナ嬢は実に熱心に俺の治療にあたってくれた。彼女には心から感謝している」

大臣たちがエルナに視線を注いでくる。彼らのまなざしに疑念が含まれているように感じて、エルナは身を守るように顔を伏せた。

「……殿下はエルナ嬢に命を救われたわけですな」

「ああ、そうだ。彼女こそが俺の命の恩人。エルナ嬢の赤心（せきしん）には疑う余地もない」

ユリアンの言葉は、周りにいる者たちすべてに言い聞かせるもののようだった。

いたたまれなくて逃げたくなるが、出迎えの義務を果たすためにもその場に足を留め続ける。

「……これまでの処遇をお恨みもせず、ご立派なことだ」

誰かのつぶやきに、エルナは強く目を閉じた。

(……立派なんかじゃない)

まったく誰も恨まなかったわけではない。苦労を髪一筋さえも知らない公爵令嬢から、服や下着まですべて自分で洗わねばならない修道女への変化は、エルナを打ちのめした。

それでも、なんとかやってこられたのは、命があるだけマシなのだという思いからだ。

母や父の無念を思えば、なおさらそう思った。エルナまで命を捨てたら、フシュミスル家の名誉は誰が取り戻すというのか。

(簡単には人生をあきらめたくない)

再び目を開けてユリアンの様子を窺おうとすると、彼と視線が合った。ユリアンはエルナをずっと守ろうとしてくれる。

(ユリアンは変わらない……)

たとえ遠くからでも、エルナを忘れずに気にかけてくれていたのは、ユリアンだけだった。そのことに深い感謝と申し訳なさを覚える。

「皇帝陛下のおつきです」

先触れの声がすると、ユリアンを囲んでいた男たちが速やかに列をなした。馬に乗った護衛の兵に前後を挟まれた皇帝は、姿勢よく馬を操り、門を抜けてくる。

列の中の男たちは帽子をとり、顎を軽く引いて敬意を示す。女たちは少し膝を曲げて礼をあらわす。

金で装飾された馬具で飾った馬がエルナの前で止まった。顔を伏せたエルナは内心で心臓が弾けそうな緊張を覚える。

「……フシュミスル家のエルナ嬢か」

重々しい声が降ってきて、背に冷たい汗が一筋流れた。強ばる全身を無理に動かすようにしてうなずく。

「……はい」

「大きくなったな」

低い声でかけられた言葉は想像以上に牧歌(ぼっか)的なものだった。

エルナが顔をあげると、皇帝と目が合った。

鷲鼻(わしばな)で鋭い眼光をした壮年の男がエルナを見下ろしていた。頬はこけているが、全身から覇気をかもしだす男だ。

「……その櫛は、アマーリエのものか？」

「……はい」

内心でぎくりとしつつ返答する。

ささやかな装飾の櫛で、売ったとしてもたいした値がつかないものだと出入りの商人から言われた。だから、フシュミスル家の資産を没収する際にも見逃してもらったのだ。

しかし、財産逃れだと非難されたら言い逃れできないのも事実だった。

「まあ……でしたら、没収するべきではございませんか？」

声高に非難してきたのは、リーゼだ。

覚悟を決めるために一瞬目を閉じたあと、なんとか許しを乞おうと瞼を開いたエルナは、自分をじっと見つめる皇帝と視線を交わす羽目になった。

「……それには及ばん。ただ、母親がつけていたことを思い出しただけだ」

皇帝はそれだけ言い捨てると、エルナの前から去って行く。

続く護衛の兵が乗る馬の蹄を眺めながら、エルナは放心していた。

（よかった、のよね……）

そう思っていいのだろうが、何かが心に引っかかる。

（皇帝陛下は今もお母様を覚えていらっしゃるのだろうか）

自らが処刑すると決めた女だ。罪深い存在のことなど忘れてしまっていいはず。

それなのに、未だに心に留めるものだろうか。悶々としてしまうエルナの耳に、ユリアンの凛とした声が届いた。

「父上、ご無事のお帰り、なによりです」

皇帝は馬から降りると、ユリアンに近づき肩を抱く。

「ユリアン、肺の調子はどうか？」

「父上にご心配いただくなど、お恥ずかしい限りです。エルナ嬢のおかげで、回復の一途を辿っております」

わざわざエルナの名を出して功績を強調してくれるのはありがたいと思うべきなのだろう。

（だけど、今言われるとよけいに注目されてしまうわ……）

ただでさえ緊張の極致にいるのに、周囲の視線が無造作に突き刺さって、胃が痛い。

「エルナ嬢の薬理の技はそれほどすばらしいのか」

「はい。俺を救ってくれたのは、彼女の薬湯です」

「なるほどな……」

皇帝は大きくうなずくと、ユリアンを促して宮殿の入り口へと足を向ける。

「父上、視察はどうでしたか？」

「準備は滞りなくされていて、安心したぞ」

「それはよかった。バッスル家の当主のご様子はいかがでしたか？」

「元気そうだったぞ。相変わらず」

皇帝の返事に、ユリアンは深くうなずいている。

「バッスル公爵の領地は前線基地となる場所です。あそこで第一波を食い止められるかどうかで、我が国の戦略が変わります——」

活発な意見を交わしながら去るふたりを、宮中の者たちが粛々と追う。

（……舞踏会があるのよね）

皇帝の無事を共に喜ぶ——という建前がついているが、本音では道楽を好む貴族たちに娯楽を与えるという意味がある。

（もちろん、わたしはその場に出られないわ）

出なくてもいいけれど、と心の中でつぶやく。

宮殿に足を入れる。控え室に向かう流れから逸れ、自室に戻ろうとしたとき、控えめな呼びかけをされた。

皇帝の侍従が近づき、エルナと歩を合わせた。

「エルナ・フォン・フシュミスル様。本日の舞踏会に特別にお招きするとのことです」

「わたしをですか？」

「あなたをです」

エルナは少し考えた末に、重い気分で口を開いた。

「申し訳ありませんが、そんな場に出るなんて、恐れ多くて——」

「皇帝陛下のご下命です」

すまし顔の侍従にとりつく島もなく言い渡されたら、断ることなどできなかった。

「……わかりました。参ります」

エルナが了承すると、侍従は顎を反らして去って行く。

暗くなりゆく廊下を歩きながら、エルナは小さくため息をついた。

夜も更けゆく刻限。

宮殿の大広間は、晩餐を済ませた貴族の男女が名を呼ばれて続々と入室していた。

身分ごとに呼ばれて広間に入っていく彼らの表情は晴れやかだ。選ばれた者だけが集う場は静かな熱気に満ちている。

エルナは広間の近くに来たものの、足が動かなくなった。

「姫様……」

「……わたし、やはり来るべきじゃないと思うのよ」

不安にかられてつぶやくと、マリーが顔を輝かせた。

「大丈夫ですよ。そのドレスはお似合いですし」

マリーの慰めに、エルナは自分の姿を確認する。

青紫色のドレスは、スカートの膨らみが抑えられ、デコルテも控えめにしか開けられていない。袖口は白いレースが幾重にも重なり、手首をやわらかに覆っている。

首飾りは、ユリアンが届けてくれた。黄金地にサファイアやルビーが並ぶ豪華な首飾りと金の飾り櫛がセットになっていて、髪の間で黄金と色石が輝く。

「衣装の問題じゃないわ。わたしの立場で、舞踏会に顔を出せるわけなんてないということよ」

「とはいっても、皇帝陛下に呼ばれたのでしょう？」

「……ええ、そうよ」

皇帝から直々に呼ばれたからには、出ないわけにはいかない。だから、のこのこと足を運んだけれども、場違いにしか思えない。

入室する貴族の男女を眺めていると、幼いころを思い出した。

ユリアンとふたりでこっそりと舞踏会を眺めていたときだ。

部屋の隅に控えた楽団の背後に垂らされた幕の陰から、よくふたりで顔を覗かせたものだった。

『すてきねぇ』

とエルナが目をきらきらさせると、ユリアンが笑いながら言った。

『ふだん薬草のことしか話さないエルナも、舞踏会には憧れるんだな』

『それはそうよ。だって、みんなきれいなドレスを着ているし、踊るのは楽しそうだもの』

美しいドレスが音楽に合わせて広がる様は、薔薇が一斉に花開いたようだ。

エルナの小さな手をユリアンがそっと握ってきた。

『おとなになったら、俺と踊ってくれるか?』

まじめな顔で放たれた質問に、目をぱちくりさせる。楽しい舞踏会には似合わない真剣なまなざしが、不思議でならなかったのだ。

『もちろん、いいわよ』

『エルナはコンラートの婚約者なのに？』

　そう言われて、エルナは考え込んだ。

（コンラートの婚約者だったら、踊ったらだめなのかしら？）

　エルナは首を傾げた。

　踊るくらいだったら、全然かまわないと思えた。

『コンラートの婚約者だけど、踊っていいんじゃないかしら』

　エルナが言うと、ユリアンが口角を持ち上げて笑った。

『そうだよな。俺もそう思うよ』

　ふたりで笑いあった直後、ユリアンの侍従がしかめっ面で迎えに来て、ふたりは外に連れ出されたのだった――。

（あのとき期待していたみたいには、楽しめそうもないわ）

　足がすくんでいると、リーヌスが近づいてきた。彼は灰色の上着（コート）と脚衣（ブリーチズ）を身に着けて、髪をきれいに撫でつけている。

「よかった、お部屋まで迎えに行かねばならないかと思っていました」

「迎えに？　わたしを？」

「はい」

「迎えなど必要ありませんでしたのに」

　エルナは苦笑してつぶやく。リーヌスの手を煩わせて、申し訳なくなった。

「実のところは、ユリアン様が迎えに行きたいとおっしゃっていたのですが、遠慮をしていただきました」

エルナは一瞬唇を噛んでから、舌に広がる苦みを覚えつつ答える。

「……それはそうだわ。皇太子が直々にわたしを迎えに来るなんて、してはいけないことだもの」

エルナは反逆者の娘。本来ならば舞踏会に出られる立場ではないのだ。

リーヌスが淡々と言う。

「エルナ様には本日、必ず舞踏会に出席していただきます。というのも、ユリアン様にはここでエルナ様を公にしておきたいという意向がおありなのです。いつまでもこそこそとはできないわけですから」

「リーヌス様！」

マリーがエルナの前に出る。エルナを背にかばって抗議した。

「なんということを……こそこそだなんて！　姫様だって、好きでそうしているわけではありません。見世物になりたくないからで――」

「しかし、陰に隠れておられれば、やましいことがあるのではと疑われるのでは？」

リーヌスが提示した仮説に、エルナは顔をあげた。

（……言われてみれば、そうかもしれない）

エルナがずっと隠れていたら、表に出られない理由があるのだと疑われるかもしれない。

人前に出ることで、その疑いを否定する必要があるのではないか。

（わたしが公になれば、堂々と薬を調合できるわ）

　これからの行動の益になるはずだ。

「何も広間の中央に出ろというわけではありません。壁際にいて、宮殿の空気に慣れていただくだけでけっこうです」

「まぁ、壁の花になれということですか!?」

　マリーが眉をつり上げる。

　しかし、エルナはむしろ安堵した。

「わたしはその方が好都合です。皇帝陛下のご命令に従うための参加ですから」

　エルナがその場にいるというだけで、皇帝は満足するだろう。

「それでは、よろしいですね？」

　リーヌスの確認に、毒を飲む心地でうなずく。脇に退いたマリーにうなずくと、彼に手をとられ、続々と広間に入る貴族たちにまぎれて入室する。

　色石が敷かれた床は鏡のように磨かれ、ダイヤモンドの細工物のようにきらびやかなシャンデリアの光を反射する。

　白玉に似た壁を背に色とりどりのドレスを着た令嬢や貴婦人が笑いさざめく姿は、満開の花が咲き乱れる花園のようであった。

　エルナはすくんだ足を無理に動かして、あわてて広間の隅に陣取る。

リーヌスはエルナが退室しないことを確認すると、一礼して去って行った。

(どうしよう……)

気まずさのあまり、隣の令嬢の顔を確認することもできない。

まもなくユリアンの入室が告げられる。

顔をあげると、広間の向こう側にユリアンがいて、貴族の男たちに囲まれていた。まるで大河を挟んで向こう岸に立つ人を眺めているように思える。

(なんて遠いのかしら……)

だが、これが本来の立場の違いなのだろう。修道院を出てすぐに彼に迎えられたから昔に戻ったような気になったが、本来ならば、自分はユリアンは顔も合わせられない存在なのだ。

おしゃべりを邪魔しない程度に弦楽器が奏でられている。皇帝が皇妃をエスコートしてあらわれると、ざわめきが広がる。

皇帝は設けられた玉座の前に立ち、広間を見回す。その動作だけで場はしんと静まり返った。

「みなの者、今日は思う存分、楽しんでほしい。視察から戻って、余には確信が生まれた。帝国は安泰だ。たとえ異教徒どもが今侵攻してきても、我が国にはそれを押し返す力がある」

「そのとおりです、陛下!」

男たちのあげる賛同の声が、エルナの心を締め付ける。

(異教徒の侵攻だなんて、恐ろしいだけなのに……)

だが、周囲の令嬢たちも笑いさざめく。

「卑しい異教徒ども、我が国に足を踏み入れたとたん、八つ裂きにされてしまうといいわ」

「そうよ。神様が許すはずがないもの」

のんきな発言につい眉をひそめると、皇帝が手を振ってみなを黙らせる。

「帝国は強大な力を持っている。その力の源が、ここに集う諸兄だ。帝国のために武具をとる者たちよ。今日はその義務をひととき忘れ、楽しんでくれ!」

威勢のいい言葉に、貴族の男たちが鬨の声に似た歓声をあげる。戸惑っているエルナをよそに音楽が流れだし、広間は浮き立つような空気に満ちた。

「ユリアン、まずはおまえが踊らなければな」

皇帝の声音にはからかうような響きがまじっている。令嬢たちが一斉に笑いさざめいた。

「どなたを指名されるのかしら」

と勿忘草色のドレスを着た娘が前に出ると、深紅のドレスの娘が押しのけるようにして前に足を出す。

「リーゼ嬢よ、きっと。国境を守る強大な貴族・バッスル家の令嬢ですもの」

「婚約者がお亡くなりになったのに、いつまでも宮殿に居座る令嬢ね」

「ちょっと、やめなさいよ。リーゼ嬢に聞かれたら大変よ。バッスル家を敵に回すつもり？」

「そうよ。皇帝陛下でさえバッスル家を警戒されていらっしゃるというわ。今回の視察だって、バッスル家の動向を探るためだって、もっぱらの噂――！」

そこで、令嬢たちが息を呑む。ユリアンがゆっくりとこちらに向かって歩いて来たからだ。

「こ、皇太子殿下が――！」

「ええ、わたくしたちの中に意中の娘がいらっしゃるというの!?」

甲高い叫びが重なりあう中、エルナは血の気が引いていた。

（まさか……）

他の令嬢たちは気づいていないが、ユリアンが見つめているのはエルナだった。しかも、あのいつものいたずらっ子のような笑みを浮かべている。

（そんな……どうしたらいいの）

エルナは唇を噛む。

舞踏会の最初にダンスを申し込まれる令嬢は嫌でも注目される。皇太子のお気に入りだと目されても仕方ないとも言える。

（そんなふうに思われたら、わたしはもうこの宮殿にいられないわ）

皇太子の薬師という相当に苦しい理由をつけて宮殿に滞在しているエルナだ。それがユリアンの個人的な好意に基づくものだと思われたら、どうなるか。

（……わたしだけへの非難で終わればいいけれど）

下手をしたら、ユリアンまで非難の的になってしまう。

息をひそめて周囲を見回す。そろりそろりと令嬢たちの背後に隠れていると、令嬢たちの中から、蜜色のドレスを着た娘が踊り出た。

「ユリアン、わたくしはここよ！」

大胆不敵な登場の仕方をしたのは、リーゼだった。令嬢たちの間にしらけた空気が漂う。

「リーゼ」

ユリアンの美貌に憂色が塗られたのは一瞬だった。彼はすぐに爽やかな笑みを貼りつけた。

「一曲、踊っていただけるだろうか」

リーゼの手を取る姿は、非の打ち所がなく優雅だった。

「もちろんよ」

リーゼは自信たっぷりにうなずくと、ユリアンに手をとられて広間の中央へと移動する。

それを合図に、令嬢たちに次々と男たちが声をかけていく。

エルナは顔を伏せて、貴婦人方がたむろする一角に逃げ込んだ。壁にぴったりと背をくっつけて、弦楽器の音の重なりに耳を澄ませる。

広間に集った男女の一群がステップを踏んで踊りだす。ひときわ華やかにドレスを翻すのは、リーゼだ。

「あらあら、リーゼ嬢ったら、主役の顔をなさっているわ」

扇で顔を隠した貴夫人が笑うと、傍らにいた夫人も笑顔で応じる。

「皇太子殿下を独占して、さぞ楽しいことでしょうよ」

「殿下も気遣いに満ちた方ね。リーゼ嬢のメンツを大切になさって」

「それはそうよ。だって、バッスル家が背後に控えているんだから！」

夫人たちの笑いがどこか意地悪で、いたたまれなくなる。

（リーゼ嬢は、ただユリアンと踊りたいだけでしょうに）

彼女があんなに非難されるなら、罪人の娘である自分は罵倒の限りを尽くされるだろう。

表向きは平静を装って、男女がくるくると回る姿を見つめる。みな音楽に乗って、楽しげにステップを踏んでいる。

（……これが舞踏会なのね）

灯りのまばゆさと音楽の軽やかさ、熱気に満ちた空気と解放感に圧倒されてしまう。

だが、目の前で繰り広げられている光景を観客のように眺めているうちに、みじめな思いが生じた。

（場違いだわ……）

皇帝がエルナを呼んだのは、身の程を知れという警告のためではないか。そんな疑いを抱いてしまう。

（……部屋に戻りたい）

一曲目が終わり、笑いさざめく声がそこかしこで響いたあとは、新しい曲のイントロが流れだす。ユリアンの相手はリーゼから別の女性へと変わっていた。

（戻ろう……）

誰にも気づかれないうちに――そろりと移動していると、背後で悲鳴があがった。あわてて振り返れば、うら若い娘が倒れかけ、青年が彼女を腕に支えて狼狽している。

「お、俺は何もしていない。いきなり倒れたんだ！」

「医者を呼んで、早く！」

「医者といっても、今、宮殿にいるのは見習いで――」

「見習いだと⁉　なぜ、そんな奴しかいない」

「皇太子殿下の許しを得て、市井の医院に送っております。医者の手が足りないとかで――」

「なんだと⁉」

あわてふためく人々を避けながら、エルナは娘を支える青年に近づいていく。

「寝かせてください。様子を見ますから」

エルナが断固として言うと、青年は不思議そうな顔をしつつも娘を床に寝かせる。そばに膝をつくと、仰向けになった娘の首筋に指を当て、閉じた瞼を開ける。なんとか倒れた原因を探ろうとした。

（問題なさそうなのだけど）

首をひねってから全身を観察する。すると、腰が異様なまでに細い。

（もしかして……）

エルナは彼女のドレスの後ろに触れた。ボタンをいくつかはずすと、コルセットの紐を探し当て、ほどいて締め付けを軽く緩める。

「おい、何をしてるんだ!?」

「倒れたのは、コルセットのせいです。息ができなくなったのですわ」

ひどい剣幕で怒鳴る青年をエルナは見つめた。

「コルセットを緩めて、呼吸を楽にして、しばらく休ませれば大丈夫――」

「エルナ嬢。メルトリンド伯爵令嬢を辱めるのは、おやめになって」

応急処置を声高に非難され、声の主を見上げる。野次馬の間からあらわれたのは、リーゼだった。

「リーゼ嬢、辱めるだなんて、そんなつもりは――」

「こんな人前でドレスのボタンをはずすなんて、とんでもないことだわ。舞踏会を楽しめないからって、腹いせをなさるつもり？」

思いもよらない難癖に面食らう。だが、取り囲む男女が冷ややかなまなざしを向けてきて、ただの罵倒ではすまないと直感する。

「まあ、この方がエルナ嬢！　あのフシュミスル家の？」

「よくこんなところに顔を出せたものね」

「恥を知らない女だな。罪人の娘の分際で」

みなの向ける目が氷のように冷たくて、エルナは息を呑む。

（これが狙い……）

リーゼがここぞとばかりにエルナの名を出したのは、こういう結果を生み出すためだったのだろう。

「エルナ、どうした？」

ユリアンが人々をかきわけて、そばにやって来た。隣に片膝をつかれて、倒れた娘とエルナを見比べる。

「コルセットで肺を圧迫しすぎて、呼吸が困難になっていたんですわ。息ができるようになったから、大丈夫です」

「そうか、よかった。エルナの適切な処置のおかげだな」

ユリアンが満足そうに微笑む。エルナは彼の顔を見つめた。

エルナのしたことを、令嬢に対する辱めではなく医術的な処置だと断言して、かばってくれているのだろう。

「エルナが処置するなら安心だ。俺の病は君の薬のおかげで楽になったんだから」

ユリアンの駄目押しに、貴族たちが顔を見合わせる。

戸惑ったような、怒ったような視線の交換。冷めきった空気が堪えがたかった。

「気つけの薬を処方するので、彼女をどこかの部屋に運んでもらえますか？」

エルナの依頼に、ユリアンはリーヌスの名を呼ぶ。

リーヌスは従者たちを連れてあらわれた。無表情で令嬢を抱きあげた彼は、エルナにうなずく。

「では、参りましょう」

「ええ」

先導するリーヌスに続いて広間を出る。すると、エルナたちが広間から離れるのに合わせたかのように音楽が再び響きだした。

「……残念でしたね、このような騒動が起きて」

「いいえ、むしろ助かりましたわ」

リーヌスの軽口に本音を口にする。令嬢が倒れてくれたおかげで、図らずも舞踏会から逃げられたのだ。

「ユリアン様はがっかりされると思いますよ。エルナ嬢と踊ることを楽しみにされていたようですから」

「……そんなこと、無理に決まっているわ」

エルナは自嘲の笑みを浮かべる。

元々、皇帝の命令に従い、出席することだけが目的だった。舞踏会は、人前に出られるような立場ではないエルナがいていい場所ではなかったのだ。

「……ユリアン様は無理を現実にする意志があるお方ですよ」

リーヌスのつぶやきは確信に満ちている。エルナは、彼の背を眺めながら泣き笑いに似た笑みを浮かべた。

「その力をわたしのために使ってほしくないわ」

「それはユリアン様におっしゃってください」

リーヌスの言葉は突き放すように聞こえた。エルナはおっしゃべりをやめて、黙ったまま彼に従う。

令嬢を空き部屋に運び、寝台に寝かせると、エルナは薬をつくるために退室した。

宮殿の中ではなく、外の庭を歩いて厨房へと向かう。宮殿から漏れる灯りを頼りに、剪定された低木が幾何学模様を描く庭を急いでいると、背後から声がした。

「エルナ！」

振り返るとユリアンが追いかけてきていて、目を見張る。

「ユリアン!?」

「よかった。あちこち探しても見つからなかったから、心配したよ」

目の前に立たれ、その存在感に圧倒される。

「な、なんでここに……」

「エルナが心配になったから」

抜け抜けと言うから、エルナはなんとはなしに恥ずかしくなった。

（……こんなふうにユリアンは気にかけてくれている）

それなのに、当のエルナは自分に価値がないと考え、卑下（ひげ）している。

ユリアンのほうがずっとエルナを大切にしてくれているのだ。

「どこに行くんだ？」

「薬をつくりに行くのよ」

「庭を通らなくてもよくないか？」

言われて、顔から火が噴き出しそうだった。誰にも会わないようにと考えた末の行動だが、みっともないと自分でも思っていたのだ。

「……誰にも会いたくなくて」

広間で放たれた言葉のナイフをもう投げられたくなかったから、庭に出た。

仮にもフシュミスル家の令嬢だった自分が、こんなにも弱気な考えでいることを知られたくなかったのに。

「……つらい思いをさせたな」

ユリアンに手を取られて、エルナは頬を染める。

「つ、つらい思いなんかしていないわ」

エルナが応じると、ユリアンが顔を覗いてくる。

「本当に？」

「そうよ！」

いったん顔をそらしてから、再度彼と目を合わせた。

「ユリアン、舞踏会に戻らなきゃ。あなたと踊りたがっている令嬢はたくさんいるんだから」

エルナを追いかけてこんなところにいる場合ではない。

「俺はエルナと踊りたいよ」

唇を尖らせる彼に眉をひそめる。

「わたしはもう舞踏会には出ないほうがいいわ」

「じゃあ、ここで踊ろう」

強引に腕をとられてポジションにつかれ、エルナは面食らう。

「な、何を言っているのよ」

「耳を澄ませて」

ささやかれて、エルナは口を閉ざした。しんと静まった庭に、弦楽器の調べが届く。

「じゃ、踊ろう」

「ユリアン！」

「小さいころに約束したじゃないか、舞踏会で俺と踊るって」

ユリアンがステップを踏みだすから、エルナは引きずられるようにして足を踏みだす。

「ユリアン、わたしはダンスなんてできないわ！」

幼いころ、たしなみで習ってはいたけれど、ステップの踏み方などすっかり忘れてしまった。

「適当に動けばいいよ、適当に！」

「ユリアン！」

くるくると円舞し――というよりも彼に引っ張られて円を描きながら空を見上げた。

真円の月が輝いて、空は藍色の布を敷いたようだ。

ずっと回っていると、夜の空で舞っているような気になった。

（……楽しい）

あの広間で踊るよりも、この庭でいい加減なステップを踏んでいるほうがずいぶん楽しいと思えた。

けれども、ずっと回っていると目がくらむ。爪先が土の凹みに引っかかり、エルナは思わず彼に向かって倒れ込んだ。

「きゃあっ！」

ユリアンは難なくエルナを受け止め、抱きしめてくる。背を支える腕がほどけぬ鎖のようだ。

「……エルナ、本当に踊れないんだな」

「そうよ、言ったじゃない！」

意地悪く笑うユリアンを見上げて抗議すると、彼が抱擁を深めた。身を屈めてくるから思わず目を閉じると、唇を重ねられた。

やわらかな感触に、心臓が弾けそうになる。

（だめ、なのに……）

初めてのくちづけだった。誰とも交わしたことのない——修道院にいたならば一生交わすことなどないはずのくちづけの感触が、思考を奪う。

何度も重なる唇に、身体が熱くなって、膝から力が抜けていく。

エルナの唇を堪能した彼の唇が、ようやく離れて熱い息を漏らした。

「……エルナ、俺はエルナが好きだ」

耳を濡らす告白は艶めいていて、頬が上気してしまう。

ユリアンはいつも自分を気にかけてくれる。友人の親切の範囲を超えているとは思っていた。だけど、意識しないようにしていたのだ。彼が自分に特別な好意を抱いているなんていうことは。

「エルナは、俺をどう思っているんだ？」

問われて、エルナは耳の先まで熱くなった。

「ど、どう思っているかって……」

「エルナは俺のことを嫌いじゃないはずだ。そうだろう？」

「それは……」

大逆者の娘なのに、そんなことなどかまわないというように抱きしめてくれる。そんなユリアンを嫌いになれるはずがない。

（わたしは……わたしも、ユリアンのことを……）

けれど、そんな思いを伝えるのはためらわれた。彼の将来に泥を塗るわけにはいかない。

ユリアンはエルナの腰を抱き直すと、またもや唇を重ねてくる。

エルナは身じろぎもできず、そのくちづけを受け止め続けた。

翌日、メルトリンド伯爵令嬢を見舞いに行こうとしたエルナを皇帝の侍従が訪ねて来た。

彼は皇帝からの呼び出しを告げ、居室へ案内すると言う。

（……お怒りを買ってしまったのかしら）

胸の内に不安が渦巻く。侍従は有無を言わさずエルナを連れ出した。

『ユリアン様を呼んで来ます』

マリーはそうささやいて離脱した。ユリアンが来てくれるなら、皇帝と同席しても安心だろう。

（ユリアン……）

唇に指で触れる。あのくちづけは、冗談でも冷やかしでもなく、本気だと信じられるものだった。彼だけは味方でいてくれると思えるのだが。

長々と歩いて、宮殿の三層目にある居室に辿りついた。重々しい樫（かし）の扉の前には、護衛の兵が直立している。

侍従がノッカーを叩くと、内から開かれた。

「どうぞ」

促されて、エルナは入室する。

壁際には、天井まで続くような書棚があり、無数の書が差し込まれている。正面の机で皇帝は書き物をしていた。

木目が美しく、飴色（あめいろ）の光沢を放つ机の前まで来ると、エルナは軽く膝を曲げて礼を示した。

「呼び出しに従い、参上いたしました」

「昨日は、メルトリンド伯爵令嬢をよく助けた」

「当たり前のことをしただけでございます」

エルナは緊張をみなぎらせて答える。皇帝が何を望み、何を言い出すかわからないから用心しなければならない。

「メルトリンド伯爵は、帝国でも有数の穀倉地帯を領地としている。友好関係を築いておいたほうが得をするからな」

「……わたしが伯爵令嬢を助けたのは、目の前でお倒れになったからです。それ以外の理由はございません」

困惑しつつ答えると、皇帝はエルナをじっと見つめる。

余すところなく観察するような様子に、精神が張りつめ、頬が引きつる。

「ただの善意だと言うのか」

「わたしは多少薬理の技を身に着けています。その技を役立てたかったのです」

「ほう」

皇帝の目にはなんの感情もない。何を考えているか摑めなくて、エルナは懸命に本心を伝える。

「本当です。衆目の前で意識を失った伯爵令嬢がお気の毒で、どうにかしなければと思っただけです」

懸命に自己弁護するが、情けなくてたまらなかった。

(ただ、彼女を助けたかっただけなのに)

なぜ、言い訳に始終しなければならないのだろうか。

「……なるほど、そなたは知と情を備えているのだな。かつて、コンラートも語っていたが」

皇帝のつぶやきに、エルナは首を傾げた。

「コンラート殿下が?」

「亡くなる二月前に、コンラートが聖マグダラ修道院を訪れたのは覚えているか?」

「……はい」

エルナは小さくうなずく。彼は旧フシュミスル家の領地を視察しているとかで、途中、聖マグダラ修道院に立ち寄ったのだ。

「その折、そなたを見かけたと聞いたぞ」

「そうなのですか」

エルナは穏当な返答をしながら、内心では首を傾げていた。

(コンラートとは、一言も話をしなかったのに……)

当日、彼を遠巻きに見たが、それだけだった。コンラートもエルナに近寄ろうとしなかった。もっとも、不思議には思わなかった。元婚約者といっても親が決めた仲で、エルナとしてはユリアンのほうが親しかったからだ。

(コンラートはわたしを慎みがないと思っているようだったわ)

あるいは、貴族の娘らしくない変わり者だと思っていたのかもしれない。

エルナが修道院に入ったあと、散々気にかけて手紙を送ってくれたのもユリアンだった。むろん、コンラートは皇太子だから、大逆者の娘と接するのは避けたかっただろう。だから、彼がエルナを気にかけなかったとして、責める気持ちはない。

(それなのに、コンラートがわたしについて語っていただなんて……)

「周囲の目があるため、そなたとは話さなかったが、修道院での働きを聞いていたそうだ」

疑念が消えずにいると、皇帝が補足してくれた。

「たいした働きはしておりません――」

と答えながら、胸に一抹(いちまつ)の寂寥(せきりょう)を覚えた。

(あのとき、コンラートと話しておけばよかったわ……)

コンラートが薨去したのは、聖マグダラ修道院を訪れてから、たった二月後だ。修道院を訪れたあの日が、彼と接する最後の機会だったのだ。

つい黙って考えてしまうと、皇帝が唐突に口を開いた。

「そなたはユリアンを治療していると聞いた。ユリアンの容態はどうか」

「少しずつですが、回復に向かっていると判断しており――」

そのとき、扉が乱暴に開かれた。

「エルナ!?」

部屋に突入してきたのは、ユリアンだった。

皇帝が鼻の頭に皺を寄せる。

「ユリアン。入室は許可していないぞ」

「父上。エルナになんのご用ですか？」

「昨日のことを訊いただけだ」

「エルナは伯爵令嬢を見事に助けた。責められるようなことは何もしていません」

「責めてはいない。安心しろ」

ユリアンはエルナの傍らに立つと、視線で皇帝を射貫く。

「父上、エルナは俺を助けてくれました。エルナには恩返しをしなければなりません」

ユリアンがエルナに目を向ける。彼の黒い瞳を見つめ返して、エルナは当惑に瞬きを繰り返した。

（いったい何を……）

ユリアンに恩返しをしてもらう理由などない。元はといえば、自分がちゃんとした薬を処方できなかったからなのだから。

「恩返し？」

皇帝は怪訝そうにする。

「はい。恩返しです」

「何をすると言うんだ？」

皇帝の問いに、ユリアンは堂々と答える。

「エルナを俺の妻にしたいと考えています。彼女に未来の皇妃の称号を与える許しをいただきたいのです」

（――えっ？）

一瞬、頭が白くなる。目を見張って彼を凝視した。ユリアンは安心しろと言いたげに微笑む。皇帝が眉をひそめた。

「本気か？」

「本気です。エルナが俺を救ってくれたからこそ、俺はこうして立っていられます。エルナが薬を処方してくれなかったら、今ごろ、死の淵にいたかもしれません」

「大げさよ、ユリアン！」

あわてて否定した。いくらなんでも無理を通そうとしすぎだ。

「ユリアン、やめて。わたしは皇妃になることなんか望んでいないわ」

「俺が望んでいる」

ユリアンが皇帝を見つめて断言する。冗談の欠片もない発言に、エルナは言葉を失った。

「ユリアン……」

「まずはエルナ嬢の名誉を取り戻さねば、反対の声が巻き起こるぞ」

皇帝の発言に、ユリアンは食らいつく。

「と言うことは、父上は反対されないというわけですね」

「……コンラートといい、おまえといい……その娘に惑わされおって……」

皇帝が深く嘆息する。

(惑わせる？)

エルナは内心で首を傾げた。

そんなことをした覚えはない。

「エルナが俺を惑わせたことなどありません。俺が勝手に惑っております」

「ユリアン、おかしなことを言わないで！」

エルナは彼を睨んだ。とんでもない発言の数々に、早く彼を止めないといけないと焦る。

「ユリアン！　わたしがあなたの妻になれるわけがないでしょう!?」

「エルナは、元は兄上の婚約者だ。家格は同等だし、問題はない」

「そういう意味ではなくて……！」

エルナは先帝を暗殺した男の娘だ。それなのに、次の皇帝の妻になることなどできるはずがない。

「エルナは俺の命を救ってくれた恩人です。恩人にふさわしい処遇を与えたいと願うのは、まちがっていますか？」

ユリアンの静かな主張を、皇帝は机の上に肘をつき、手を握り合わせて聞いている。

「父上。俺は、エルナ・フォン・フシュミスルは六年前の先帝暗殺事件とは無関係だと考えております。彼女に与えられた不名誉を払拭するためにも、どうか結婚をお許しください」

ユリアンの真摯な訴えに、皇帝は瞼を閉じてからゆっくりと開いた。

「……エルナ嬢が本当に皇妃にふさわしい娘だと証明できたら、結婚を許そう」

「ありがとうございます」

ユリアンは晴れやかな顔をしている。

エルナだけがこの状況についていけず、呆然と立ち尽くしていた。


その日の夜。

エルナは湯を浴びたあと、マリーに髪を梳いてもらってから、寝台に横になった。

（眠れない……）

執務室での会話のあと、エルナはひとりで自室に戻った。ユリアンは皇帝とさらに話があると言ったからだった。

眠らねばならない時間になっても、一向に睡魔が訪れない。神経はリュートの弦のように張りつめたままだ。

(ユリアンはいったい何を考えているのかしら)

エルナを皇妃にしたいだなんて、とうてい無茶な要求だ。皇位を捨てるつもりなのかと疑うほどだ。

(それにユリアンは……仇である皇帝の息子)

父母に顔向けできないのではないか、そんなことまで考えてしまう。

寝台で悶々とした挙句、半身を起こした。足元近くに置いてあるテーブルに膝でにじり寄り、手を伸ばす。水差しからコップに水を注いで一気に飲むと、遠くで扉が開く音がした。

「……マリー？」

マリーは隣室で休んでいるはずだったが、彼女が外に出たのだろうか。

急に不安になり、寝台から下りかけると、今度はエルナの部屋の扉が開く音がした。ゴクリと息を呑む。

(まさか……刺客……？)

壁際に取り付けられた蝋燭の光は弱すぎて、部屋にわだかまった闇を追い払えない。

エルナはこの宮殿にあっては厄介者だ。

足音が聞こえなくなり、エルナの不安を誘う。どう考えても、悪い方向にしか想像が働かない。

耳を凝らしていると、背後からいきなり口を覆われた。大きな掌に唇をふさがれて、恐怖で身動きがとれない。

「……エルナ、俺だよ」

まったく悪びれもしない声がして、振り返る。

エルナの背後にいるのは、寝台に膝をついているユリアンだった。寝衣としか思えない白いシャツと脚衣で部屋に忍んで来たくせに、一点の曇りもない笑顔を向けてくる。

（なんて男なの……！）

眦をつり上げたエルナの迫力に、ユリアンがあわてた様子で謝罪する。

「ごめん、エルナ」

「びっくりさせないで……！」

声をひそめて、しかし、はっきり叱りつければ、ユリアンがしゅんと頭を垂れた。

大きな身体を縮めて落ち込む姿に、少し怒りが収まる。

「まさか、そんなに驚くとは思わなかったよ」

「驚くわよ。殺されでもしたら、どうしようかと思ったわ」

「なぜ、そう考えたんだ？」

不思議そうにするユリアンは寝台にのりあがってきて、エルナと向き合う。

「だって、それは――」

「エルナは俺の未来の花嫁。それを知れば、誰だってエルナを傷つけることなんかできないはずだ」

断言されて、エルナは小さくため息をついた。

「何度も言わせないで。わたしがあなたの妻になれるはずがないでしょう、ユリアン」

「何度だって言うよ。俺はエルナを助けたいんだから」

「無理よ。わたしは罪人の娘なのよ」

「だからといって、エルナがこれ以上、日陰にいることを許したくない」

ユリアンが断固たる口調で言う。エルナは困り果てて眦を下げた。

「ユリアン、考えなしのことを言っている自覚はある？」

「俺が考えなしだって言うのか？」

眉をひそめるユリアンからは怒りの気配がする。エルナは気圧されつつうなずいた。

「そうよ。考えなしだわ。わたしを皇妃にしても、得することは何もない。むしろ、あなたの評判を下げるだけよ」

話せば話すほど悲しくなって、エルナはうつむく。

（六年前のことがなければ……）

エルナだってユリアンに好意を寄せていたのだから、ユリアンの求婚を感激して受け止められただろうに。けれど、彼や亡き両親のことを考えたら、求婚は拒否するしかない。

ユリアンには愚かな考えは捨ててもらい、自分を大切にするよう説得しなければ。

エルナは固い声音で告げる。

「皇帝になる人が、一時の感情に流されてはいけないわ」

「俺が一時の感情に流されて、エルナに求婚したと思っているのか？」

ユリアンがエルナの肩を掴んでくる。

「俺は留学に出されて、しかも、なんの力も価値もない予備（スペア）だったから、これまでエルナを助け出すことができなかった。でも、今は違う。コンラートが死んで、俺が次の皇帝だ。なんでもできる。エルナを妻にだってできる」

熱を込めた告白に、エルナは圧倒される。ユリアンはまるで酒に酔ったように語り続けている。

「皇妃になれば、これまでエルナが味わった不名誉を覆せる。だから、俺と結婚してくれ」

闇の中、まっすぐに見つめられて、エルナの胸が熱くなった。

（こんなふうに言ってくれるのは……わたしに手をさしのべてくれるのは、ユリアンだけ）

幼いころから、そうだった。婚約者だったコンラートよりも、ユリアンのほうがエルナのそばにいてくれた。

（だけど……）

ユリアンが好きならば、一番彼のためになる決断をするべきだ。そして、それは彼のそばにいることではないとエルナには思われた。

「ユリアン、あのね……」

続きの言葉は、ユリアンに抱きしめられてしまったことで喉の奥にしまわれる。しなやかな肉体に閉じこめられて、エルナは面食らった。

「エルナ……」

万感のこもった声で名を呼ばれ、腕を背にきつく回される。ユリアンの腕は鋼のように強くて、とうてい振りほどけないと思わされた。

「だめ……」

彼の身体が熱くて、エルナは本能的に危機感を覚えた。抱きしめられているのが恐ろしくなってしまう。

「ユリアン、放して。この部屋から出ていって」

必死に訴える。今すぐ彼の腕から逃れなければ何が起こるかわからない、そんな恐怖があった。

ユリアンがくぐもった声で笑う。エルナの抵抗をあざ笑うかのように。

「マリーが許してくれたんだ。エルナの寝台に忍び入ることを。純潔を奪ってしまえば、エルナは俺の妻になるしかないだろうと言っていたよ」

「なんですって!?」

とんでもない発言に、エルナは仰天した。ユリアンをそそのかすマリーも、それをよしとして忍んでくるユリアンも信じられなかった。

さらに反論しようとした口をユリアンの唇で覆われて、エルナは目を見張った。彼の舌がエルナの舌に重なって、言葉を封じてしまう。

「う……うう……」

侵入にたやすく成功したユリアンの舌は、エルナの口内を這い回る。エルナの舌を、頬の内側を舐め、歯列をなぞる。

(だめ……だめ……)

心の中で必死に制止の声をあげる。しかし、ユリアンはほんのわずかに唇を放して呼吸を許してくれたと思ったら、すぐさま舌を奥深く差し入れてきて、エルナを翻弄する。

「ん……んん……んんんっ……」

逃げようとしても、痛いほどの力で右の手首を摑(つか)まれて、頭の後ろを押さえられている状態では、どうしようもなかった。何度も角度を変えたくちづけをされているうちに、身の内がじわじわと熱くなる。

(あ……なに……これは……)

心臓がことさら鼓動を速めている。下肢の奥深くに火を灯されたような熱が生まれる。

病のときとは違うおかしな熱に、エルナは動揺した。身体をよじっても、ユリアンはくちづけをやめてくれない。

「ん……うう……！」

怯えて逃げるエルナの舌をユリアンの舌が捕まえる。巧みにからめられると、全身が小刻みに震える。

ユリアンはくちづけを続けながらエルナに体重をかけ、寝台に押し倒す。やわらかな寝台に背中を押しつけられて、舌をじゅっじゅっと吸われると、甘いうずきが下肢にひた走った。

「んっ……！」

唇を重ねたままで、彼の手がエルナの胸を揉みだす。彼の手に余るほどに豊かな乳房が驚くほどに弾力を増した。

「……ずっと触れてみたかった。ようやく夢がかなう」

赤裸々な欲望を語って、ユリアンはやさしく胸を摑む。寝衣の上から胸を包み、さらには巧みに揺すられて、危機感に身をよじる。

（だめ……だめっ……）

ユリアンの行為は信じがたいほどに背徳的なものだった。結婚前だというのに、エルナを求めようとするなんて。

（こんなのは嫌……）

まだ結婚していないのに、身体だけが結ばれるなんて、とんでもないという思いがある。

手順を踏んでほしいと願うのに――こうやって忍んでくるほどに望まれているのだという浅ましい考えも脳裏にちらつく。

(流されてはだめなのに……)

けれど、布越しに胸を押し回されると、どうしようもなく心地よさを感じてしまう。

ユリアンが名残惜しげに唇を放すと、エルナの瞳を覗いてくる。

「ここ、硬くなっているのがわかるかい、エルナ」

胸の頂をくにくにと回されて、腰が跳ねた。

「んんっ……」

「気持ちよくなってる証だよ」

ユリアンがにやりと微笑んで胸の先端をつまむ。乳房に触れるだけでなく、そこをつまれるのは、ひどく扇情的な刺激だった。

「やっ……しないで……」

「直に触れたいな、いいだろう、エルナ」

ユリアンが寝衣の首元からへその部分まで並んだボタンをはずしだす。

「だめっ」

エルナはユリアンの下から逃げようとするが、彼はエルナの脚に体重をかけてくるから、うまく身動きができない。ボタンをすべてはずされて、寝衣を肩からおろされる。

白い乳房が闇にほんのりと浮かびあがって、恥ずかしさに唇を噛んだ。

「……ユリアン、やめて」

エルナの懸命の訴えも彼の手を止める効果はなかった。ユリアンはエルナの両乳房をそっと掴む。やんわりと揉まれて、図らずも心地よさが高まっていく。

（そんなはず、ない……）

心の中で何度も否定する。けれども、ユリアンの手がもたらすものは不快感ではなかった。あらがいようもない力を秘めた甘美なうずきだった。

ユリアンの大きな手がエルナの胸を根元から揉む。先端まで絞るような揉みかたは、うっとりとするような気持ちよさだ。

「あ……あぁっ……」

「エルナの胸はすごくさわり心地がいいんだな。すべすべの肌で上等な布みたいだ」

「やだ、やめて……」

涙を浮かべて首を振るが、ユリアンは陶然とした表情をして胸を揉むと、先端をきゅっとひねった。

「あっ……あっ……やぁ……」

乳首は凝って丸くなっている。それを軽くつまみながら左右にひねられて、エルナの息が荒くなった。

「はぁ……はぁ……はあぁ……」

「……おいしそうだ」

ユリアンは言うなりエルナの右の乳首を口に含んだ。ちゅくちゅくと音を立てて乳輪から吸い出されると、鮮烈な刺激に背が跳ねた。

「ああっ……だめっ……だめ……」

右の頂に舌をからめ、ちゅうちゅうと吸われたかと思いきや、今度は左の乳首に唇が移動する。口内に吸い込まれ、唾液をまぶすように舌でしごかれる。

「ん……んんっ……！」

ぷくりと膨らんだ乳首は少しの刺激でも敏感に受け取ってしまう。あたたかな舌を感じやすくなった乳首にからめられて、背がびくんと跳ねる。

「だめ……ユリアン……だめ……」

「……エルナのここは丸まって、すごく可愛い。食べてしまいたいくらいだよ」

先端を指でねじりながら言う。肌が粟立つほどの強烈な刺激に、腹の奥が未知の感覚を生み出す。

「もう、しないで……」

ユリアンを押しのけようとするがびくともしない。頑強な肉体はエルナの上から少しも退こうとしなかった。

「嫌だ。俺はエルナの身体の隅々まで堪能したい」

感極まったようにつぶやくと、エルナにのしかかり、首筋にくちづけをする。耳たぶを甘噛みされてから首筋に舌を這わされて、快美な感覚が頭の芯をぼうっとさせた。

「んん……ん……」

舌先が鎖骨を舐めてから胸の谷間で遊ぶ。わざと音を立てて谷間をくすぐるから、気持ちよさに、つい背を反らしてしまう。

「んぅ……うぅん……んん……」

ユリアンの唇は戯（たわむ）れに乳房にくちづけし、乳首の先端をかすめたかと思うと、乳房の下からへそにかけてくちづけという名の印を押していく。

やわらかな唇が少しずつ下に移動していくにつれ、下肢の奥がかぁっと熱くなった。

（どうして？）

腹の奥深くが熱い。それも不快な熱ではなく、陶酔（とうすい）を誘うような熱で、始末が悪いように思われる。

（やめさせなくては……）

そうしないと、この熱に引きずられてしまうような恐怖があった。

「ユリアン、だめ……」

「やめられるはずがないよ、エルナ。そんな可愛い声を出されたら」

「か、可愛い声って何……？」

「その声だよ、ねだるような甘い声だ」

笑いまじりに言ったユリアンは寝衣をさらに脱がせる。

「やっ……」

身じろぎするが、ゆったりとつくられた寝衣は、あっさりと脚から引き抜かれた。ドロワーズだけの姿にされて、恥辱のあまり頬が燃えたつように熱くなった。

「だめ……！」

今さらながらに胸を腕で覆う。誰にも見せたことのない素肌をくまなくユリアンの双眸にさらされて、エルナの心臓がどくどくと音を立てた。

ユリアンが感嘆の息を漏らす。

「……すごくきれいだ。想像していたよりもずっと」

「そ、想像していたって……」

「するさ。俺はエルナが好きなんだから、エルナの裸体をずっと頭に描いていた。でも、頭の中のエルナよりも、現実のエルナの裸のほうがずっといいな」

とんでもないことをぬけぬけと言いながら、エルナのくびれた腰を手でなぞる。何度もされると、ドロワーズの奥が怪しげな熱を帯びた。

エルナは眉を寄せて煩悶を訴える。

「ほ、本当にやめて……」

「これから、もっと気持ちよくなるのに？」

ドロワーズの上から恥丘を撫でられる。そんなところを他人に触れられるのは初めてで、身体の芯がたぎった。

「やめて……！」

「下を触るよ」

言われて、腿をぎゅっと閉じるが、彼は力任せに脚を開いた。自らの身体を割り入れて閉じられないようにしてから下肢の狭間に触れる。

布越しに秘裂をこすられると、信じられないほどの心地よさを覚えてしまう。

誰にも触れられたことがない秘め処にユリアンの指が触れている。布を押しつけながらこすられると、今まで味わったことのない快感が生まれた。

「あっ……ああっ……だめっ……」

指と布の刺激が重なって、背徳的な悦びを感じてしまい、声が高くなる。

「あ……んん……やっ……」

「……濡れてきてる」

ユリアンがうれしそうに教えてきた。

「ぬ、濡れて……？」

「そう。濡れてるよ、ドロワーズが」

「え、な、なぜ？」

もしかして、子どものように粗相(そそう)をしてしまったのだろうか。そんな感覚は一切なかったというのに。

狼狽してたずねるエルナに、ユリアンが満足そうに微笑んだ。

「気持ちいいから濡れるんだよ。エルナが俺の指を悦んでいる証拠だ」

「う、嘘……」

呆然としてつぶやく。みっともないことだ、秘処に触れられて悦ぶなんて。

「お願い、これ以上、さわらないで……」

涙を浮かべて懇願する。もう秘め処に触れられたくなかった。気持ちいいと感じたくなかった。

「それはできない。俺はエルナとひとつになりたいんだよ、どうしても」

ユリアンはエルナの願いを退けると、ドロワーズをすばやく引き下げた。足元でわだかまるドロワーズは動きを制限する枷（かせ）になってしまう。彼が伸ばした指で直接秘め処に触れる。子を産む蜜孔を守るはずの花びらはあっさりと割られた。

「ああっ」

彼は花びらを左手の中指と人差し指で押さえてから、右手を伸ばして蜜孔をぱくりと開いた。指の先を含まされて、痛みにのけぞる。

「嫌……痛い……！」

「そうだろう、痛いだろう、エルナ。ここはたっぷり可愛がって、焦らして、俺が欲しくて欲しくてたまらないようにしないといけないいんだ」

「や、何を言っているの!?」

そもそも、ユリアンが触れている箇所は、めったに触れていいところではない。むしろ、誰にも隠しておかなければならないところなのに。

「だから、俺がいっぱい可愛がってあげるよ」

ユリアンはドロワーズをはぎとってしまうと、エルナの股をいっぱいに広げた。宙に浮かされた脚に混乱していると、彼が秀麗な面貌（めんぼう）をエルナの秘め処に近づける。

顔を股に埋めたユリアンの赤い舌が、花びらを一舐めする。エルナは信じがたい思いでいっぱいになった。

「やめて、そんなところ、舐めないでっ！」

どう考えても、まともな行動とは思えなかった。湯を使って清潔にしたとはいえ、口をつけていいところではない。

しかし、ユリアンはエルナの言葉に従ってはくれなかった。舌が何度も狭間を往復する。蜜孔を舌先でくすぐった末につと花びらの付け根に移動する。舌で舐められた瞬間、背筋を戦慄（せんりつ）が駆け上がった。

「ん……んあっ……」

「ああ、ここがいいんだな」

ユリアンは指でそこをいじりだした。埋もれていた核を押し回された瞬間、腰が大きく跳ねた。

「あ……ああっ……そこはっ……」

初めて味わう快感だった。脳髄が痺れ、心を屈服させるほど強い快楽に、エルナは首を左右に振った。

「ああ……だめ……そこ……さわらないで」

必死に制止するのに、ユリアンはかまわず指先で押し回す。

「ここはすごく気持ちがよくなるエルナの宝石なんだ。ずっと大事に隠してきたんだろう？　初めて触れるのが俺でよかった」

戯言(ざれごと)を言いながら、指で淫玉をくりくりといじり続ける。

下肢が甘く痺れ、脳内がとろけるような悦楽に、エルナは双乳を揺らして唇を噛む。

（……何かがこみあげてくる）

腹の奥が燃えるように熱い。そこから何か得体の知れない感覚がせりあがってくる。

（だめ……だめっ……）

その正体の知れない感覚に呑み込まれてしまったら、もう二度と元には戻れないような気がしていた。そもそも、腹の奥の熱も不快ではなく、ずっと味わいたいような魅力があるのだ。

（嫌、なぜなの……）

こんな行為に魅力を感じてしまうなんて、恥辱でしかなかった。下肢を舐められた挙句に指でいじられ、それが気持ちいいだなんて。

「ん……んく……んんっ……も、もう、しないで……」

びくびくと内腿を震わせながら懇願する。それなのに、ユリアンは指で淫核にますます激しく円を描く。

げた。

「エルナ、達ってしまえばいいよ」

くりくりと転がしながら、彼は艶めいた声で誘う。

「ん……や……変に……」

「変になってしまえばいいってことだよ」

ユリアンは笑みを含んだ声で言うと、陰核を舌で舐めたてたあとに、ちゅうっと吸い上げた。

とたん、腹の奥が熱くとろけて、わだかまっていた快感が弾けた。

「――!」

忘我の波が脳内を白く染め、甘い余韻に下腹が痙攣する。

我知らず腰を浮かせ、快感に負けたひとときを味わい尽くす。

力尽きて胸を上下させるエルナは、腹の奥からとろりとあふれる蜜に怯えた。

(……一線を越えてしまった)

きっとこれは味わってはならない感覚だ。そんな後悔が胸の奥をひたひたと濡らす。ユリアンがもたらした深い悦びは、何度も味わいたくなるような力を秘めていた。

「エルナ、気持ちよくなるのは悪いことじゃない。気持ちよくなってあふれる蜜は、俺を受け入れやすくする薬みたいなものなんだから。その薬のおかげで、俺はエルナの中に簡単に入れるようになるんだよ」

身を起こした彼がまじめに説明するものだから、恥ずかしさで全身が火照ってしまう。

「ユリアン、ひどいわ」

「なんでひどいんだ？　俺はエルナを気持ちよくしたのに」

ユリアンは楽しそうに言いながら手を下肢に伸ばす。

蜜に濡れた叢の間からいともたやすく淫芽を探り当てて、くりくりとこすってくる。

「ん……だから……そこはっ……」

「すぐに尖るのは、俺の指を気に入った証拠なのかな？」

「き、気に入ってなんかない……」

「嘘はだめだよ、エルナ。またすぐに達かせてあげようか」

ユリアンは触れるか触れないかの力で女核に触れながら蜜孔をこすりたてる。

「は……はぁ……は……あ……ああ……」

さっきユリアンが指を入れた孔は焦れたような熱を帯びている。ぷくりと膨れた淫芽は触れられるたびに鮮烈な快感を生み出す。

「ん……ああ……あぁっ……」

気持ちよくてたまらなくて、あえぎ声しか出てこない。断続的に襲う絶頂を、エルナは顎を反らして味わう。

（だめ……なのに……）

こんなことをされて、悦びを感じてしまうようでは、彼の妻になりたくないという言葉が説得力を持たなくなってしまう。

ユリアンが陰唇をこすりたてるたびにちゅくちゅくと音がする。内側からこぼれる蜜はとめどもなかった。

じんじんと熱く明滅する下肢をさらに煽りたてるように指を動かしながら、ユリアンが感極まったように言う。

「早くエルナの中に挿れてしまいたいな」

赤裸々に欲望を告白するユリアンに、エルナは面食らった。

「い、挿れるって……」

「これを」

彼がにやりと笑って脚衣をずりさげる。股間の間で揺れる不穏な代物に、エルナは悲鳴をあげかけた。

(何、これは……)

へそまで反り返ったそれは、鏃のように尖った先端と、こん棒か何かのように太い幹とで構成されている。奇妙な形もさることながら、赤黒い色がおどろおどろしく、不吉の象徴のように思えてならなかった。

「俺とひとつになりたくない？　俺のことが、もっとわかるようになるよ」

ユリアンが淫芽をきゅっきゅっと左右にひねりながら言う。たちまち息が荒くなり、エルナは首を横に振った。

「いや……それは……だめ……」

さすがにそれをしたらいけないという知識はあった。

「子ができるから？」

ユリアンにたずねられて、小さくうなずく。そもそも、結婚前に純潔を失うのも許されないことだった。

(神様の前でなんの誓いもしていないわ……)

とはいっても、ユリアンの求婚自体、受け入れるわけにはいかないものなのだが。

「俺はもう子づくりしたいよ？」

ユリアンが目を細めて言う。本気か嘘かわからない発言に、エルナは唇を噛んでこみあげる快感をこらえた。

「わたしは嫌……」

未来がどうなるかわからないのに、最後までを許すわけにはいかない。本当に子どもができたら、その子を不幸にしてしまう。

「俺を受け入れるのは嫌なのか？」

ユリアンが蜜孔に指の半ばまで差し込んできた。

生傷に触れられるような痛みが走って、エルナは涙ぐむ。

「い、痛いわ、ユリアン……」

「ずっと触れていたら、よくなるよ」

ユリアンが指の半ばまでを出し入れしだす。数えきれないほど繰り返されると、着実に痛みは遠のき、やわらかくほぐされていくたびに、もどかしいような昂りを覚えだした。

「ん……んんっ……」

「……エルナ、俺のことが欲しくならない？」

ユリアンが切羽つまったような声でたずねる。エルナは反射的に彼の股間を見てしまう。

反り返った雄刀はまさに抜き身の刃のような凄みがあって、恐ろしくなった。

「……ほ、欲しくなんてならないわ」

どう考えても指よりもはるかに太くて、とても入るとは思えない。

（きっと、身体が裂けてしまうわ）

そんな恐怖しか感じない。

「……そうか。無理強いはできないな」

散々無理強いをしておきながら、それでも理性を取り戻したのか、ユリアンはエルナの蜜孔から指を抜く。

指が引き抜かれるのと同時にとろりと蜜まであふれ出て、恥ずかしさに硬直してしまうと、彼はエルナの腰を抱いてうつ伏せにしてしまう。

「えっ!?」

肘を寝台につき、臀部を彼に向けて突き出す煽情的な格好にされて、エルナは動揺した。

「何をするの!?」

「中には挿れない。だけど、エルナの可愛いところは使わせてもらうよ」

そう言うなり、ユリアンはエルナの背後で膝立ちし、肉棒を花びらの間で抜き差ししだした。

「ああっ……やぁっ……！」

散々愛撫されて敏感になった狭間を屹立が前後する。摩擦の刺激があまりにもすさまじくて、エルナは我知らず尻を彼に突き出して、高まる快感をこらえた。

「あっ……いやっ……そんなふうにしちゃ……やぁっ……！」

ずりゅぬりゅとこすれる音がして、エルナのふっくらと咲いた肉襞と彼の雄刀がこすれあう。

強い刺激に蜜孔から蜜があふれて、彼の肉棒が濡れる。そのせいですべりがよくなって、前後の動きが激しくなる。

「ふぅっ……はぁっ……あぁあっ……んんんっ……」

「エルナ、気持ちいいなら、中に入れてあげようか」

ユリアンが先端を蜜孔にもぐらせる。圧迫感に、エルナは激しく首を振った。

「だめ、中は……だめっ……！」

子をつくるわけにはいかない。ユリアンのためにも、自分のためにも、絶対に拒否をしなければと焦る。

「楽しめばいいのに、エルナは昔からまじめだよね」

ユリアンはすねた子どものようにぼやいて、大人にしかできない淫らな腰遣いをする。

戯れなのか本気なのか、蜜孔を尖った先端が割ろうとするたびに、血の気が引いた。

「だめ……本当にだめ……」

涙声で拒絶すると、ユリアンはため息をついて、今度は淫核をこすりたてだした。

「ひ……ひぁっ……！」

感じやすくなった淫芽は、ユリアンのもたらす摩擦の刺激に負けて、たちまち快感を生む。

腹の奥が一気に熱くなって、あっという間に弾けてしまう。

「はぁっ……あああっ……あぁあ……！」

絶頂に押し上げられて、その余韻にひたる間もなく、またもや頂に至ってしまう。

何度も襲う強烈な快感に、訳がわからないまま自らの尻を振った。

「や……も……もう……だめ……！」

断続的に絶頂に至らされて、蜜孔から愛液がとろとろとあふれ出す。乱暴なほどにしごかれているのがよくて、息ができなくなるほどだ。

「エルナ、俺もいい。エルナの声を聞いているだけで、出そうになる」

ユリアンが肉襞に、蜜孔に、淫芽に、屹立を強くこすりつけてくる。

あまりの気持ちよさに体重を支えられず、エルナは敷布に頬を押しつける。

「いい……ああ……い、いい……」

夢心地でうめいてしまう。

「……ああ、俺もいいよ……」

ユリアンが艶めかしくささやく。その直後だった。

「——！」

丸い尻たぶに熱いしぶきをかけられて、エルナの身体が震えた。ユリアンが子種を吐いたのだと本能的に察する。

「……よかったよ……エルナ……」

ユリアンがエルナの背中にたくましい胸をぴったりと密着させてくる。

彼の荒い呼吸と上下する胸の動きを背に感じ、エルナの心臓がとくとくと鳴った。

（やっぱりわたし、ユリアンのことが……）

子どものころから今までユリアンの好意を感じなかったときはない。だから、自分も憎からず思っているのだと考えていた。けれど、それ以上の気持ちが心を満たす。

（わたしはユリアンが好き）

愛おしい、という感情が心の中心にあることを否定できない。

その上で、今、肉体に忘れがたい快感を刻まれたのだ。もはや心身ともに彼に惹きつけられているのがわかる。

（だけど、このまま引きずられていいの……？）

不都合な現実を見て見ぬフリをして、甘い夢にひたれるほど夢想家ではない。

考え込んでいると、ユリアンがエルナの腰を抱いて寝台に横たえる。彼の満ち足りた顔を見て、エルナは切なくなった。

ユリアンはエルナの額にかかった前髪をどけてから、そっとくちづけた。

昼のやさしい感触に、愛おしさがさらにあふれてくる。彼の双眸は頬を染めたエルナの顔を映していた。

「エルナ、必ず皇妃にするよ。俺がエルナを堂々と外に出られるようにする」

「ユリアン……」

「この場だけの睦言じゃなくて、必ず現実にする。そのためなら、どんなことでもするよ」

エルナの腰を抱き、脚をからめてユリアンが言う。

秀麗な面貌のまなざしに宿るのは、強い意志だ。うれしいけれど、同時にこれからへの不安を誘うまなざしだった。

「うん……」

エルナは子どものようにうなずいて、ユリアンの胸に頬を寄せる。

（どうしたらいいの……）

迷いが消えない心のままで、ぬくもりを分かち合っていた。

三章　薬酒の誘い

翌朝、エルナが目を覚ますと、ユリアンはすでにいなかった。

寝衣を着せられていたから、昨夜は何もなかったかに思えたが、下肢に残る疲労感に、やはり現実だったのだと実感させられる。

（湯をもらわなければ……）

身体を拭いて清めてからでないと行動ができない。寝衣を着て寝台から起き上がったエルナは、寝室の扉を叩く音に気づいた。

「どうぞ」

ややそっけなく応じると、おそるおそる入室してきたのは、果たしてマリーだった。

「……姫様。昨夜はどうでした？」

期待とも恐れともつかぬ顔でたずねるマリーに、エルナは眦をつり上げた。

「……マリー、あなたって人は……！」

「だって、ユリアン様と先に結ばれてしまったほうがいいと思ったんですよ。ユリアン様の性格なら、姫様を見捨てたりはしませんし」

「だからといって、よ、夜這いを許すなんて……！」

情けなさに涙が出そうだった。一番の味方に裏切られ、危うくすべてを奪われるところだったのだ。

「だって、姫様はユリアン様がお好きなのでしょう？　それなのに素直になれない。だったら、先手を取って行動しようとするユリアン様を手助けするのは、理にかなっております。ユリアン様は姫様に夢中なんですよ？　今のうちに子種を仕込んでおくのは最善の策です」

「マ、マリー……」

とんでもない理屈を理路整然と並べられ、二の句が継げなくなる。

「それで、どうでしたか？　うまくいきました？」

マリーが励ますようにエルナの両手を握る。答えに窮するほどに明るい表情をされ、なぜかエルナが申し訳ないという気持ちになった。

「……さ、最後までは……」

「まさか、ユリアン様は何もなさらなかったんですか!?」

マリーが一転、険しい顔をする。

「信じられません！　姫様の部屋に忍び込みたいと積極果敢な行動を選択されたから、あたしも同意してお手伝いしたというのに」

絶句するエルナをよそに、マリーはエルナの手を放してその場でうろうろとしだす。

「なんてこと……あたしはユリアン様のお気持ちを見誤ったっていうんでしょうか。ユリアン様は、姫様との将来を考えて純潔を奪うものだとてっきり考えていたのに！」

「マリー、あのね」

「姫様とユリアン様が心身ともに結ばれれば、これから先は安心、ユリアン様の広いお心におまかせして、姫様の頭上に皇妃の冠がかぶせられるその日を楽しみに待つだけだと思っておりましたのに。ただ部屋に忍び込んで、ユリアン様は何をなさったというんです⁉」

どんどん口調が荒くなるから、エルナは観念して打ち明けた。

「最後までされていないだけで……か、身体には触れられたから……」

言葉にすると猛烈に恥ずかしい。昨夜、散々いじられた下肢が、またもやうずいてしまいそうだ。

「まあ、それは……！」

マリーは顔を輝かせ、エルナの手を握る。

「では、子種までは辿りつかなかったと」

「そ、そうね、そうなるわね」

恥ずかしさに、耳の先まで朱色に染めて、エルナはうなずく。

「でしたら……ユリアン様は自重なされたということですか？」

「そうなるかしら……」

本当のところは、エルナの拒絶に根負けしたというところなのだろうが。

「ならば、かえってよかったかもしれませんね。ユリアン様が遊びではなく本気で愛してくださっているという証拠ですよ、きっと」

「そう、かしら……」

マリーの楽観論に若干面食らいつつ、相槌を打つ。

「そう考えましょう、姫様。どのみち、あたしたちのこれからは、ユリアン様の双肩にかかっているんです。聖マグダラ修道院は、もうあたしたちを受け入れてくれないでしょう。姫様が皇太子妃になるのが上策、フシュミスル家の再興で終わるのがその次、邸と化粧料をいただけるようになるだけなら下策。とにかく、あたしたちの待遇をどれかに収めないといけません。さもないと、野垂れ死にですよ?」

エルナの手を放し、こぶしを握って力説するマリーに、エルナは打ちのめされつつも納得していた。

(そうよね、そうなるわよね……)

現実を見れば、彼女の言い分は実に正しい。身寄りのない女ふたりが生きていくのは、簡単ではないのだ。

しかし、ほんの少しだけ抵抗してみる。

「……マリー、わたしは調薬の技があるから、それを使えば、ごはんくらいは食べられると思うわ」

マリーがくわっと目を見開いた。

「何をお気楽なことをおっしゃっているんですか？　そもそも、住処だってないのに。一番現実的なのは、姫様がユリアン様の心をしっかりと摑んで、何がしかの援助をしてもらうことですよ」

「そうね……」

ちゃっかりしていると思うものの、マリーの言い分には理があった。エルナよりはよほど現実を把握している。

「脅かすような物言いをして、申し訳ございません。でも、こうまで言っておきながらなんですが、そう心配することはありませんよ。ユリアン様は皇帝陛下に姫様を未来の皇妃にしたいとおっしゃった。皇帝陛下に宣言なさるということは、並々ならぬお覚悟があるはずです」

「……ええ」

どうしても曇ってしまうエルナの顔をマリーは覗き込む。

「もしや、ご両親に申し訳ないなんて考えてはいらっしゃいませんよね。ユリアン様は仇の息子、そんな方と結ばれるわけにはいかないなんて」

「そ、それは……」

ひっそりと抱いている罪悪感を、マリーの慧眼はきちんと見抜いていた。

彼女は腰に手を当てて言い放つ。

「おふたりとも姫様を非難するはずがありません。むしろ、今までずっと苦労なさった姫様がようやく幸せになるとお喜びになるはず。ユリアン様がお味方になってくだされば、姫様がお産みになった男子にフシュミスル家の名を授け、再興することだってできるんですよ。おふたりの処刑で失われた名誉を取り戻しましょう。断絶したお家を復活させることができれば、ご両親の無念も癒やされるというものです」

「……そうね、マリーの言うとおりだわ」

生き残ってしまったエルナができることは、フシュミスル家の汚名を少しでも雪ぐことだ。ユリアンと結婚すれば、その好機を手に入れられるのだ。

「となれば、ここは焦らずじっくりといきましょう。なんにせよ、ユリアン様とは仲良く。いいですね、姫様」

「……わかったわ」

マリーに答えながらも、今度はユリアンへの罪悪感が湧いてくる。

（ユリアンを利用したくはないのに……）

彼は汚名を着せられる覚悟をしてでも、エルナを妻にしようとしてくれているのだ。

「それでは、服を整えましょうか」

「その前にお湯を使いたいの」

おずおずと告げると、マリーが動きを止めてから、ひとつうなずいた。

「申し訳ございません、姫様。あたしったら、まったく気が利かなくて」

「いえ、いいの……」

これ以上突っ込まれては、気まずくなるばかりだ。エルナの気持ちを知ってか知らずか、マリーは軽く頭を下げてから退室する。

緊張がほどけたエルナは、寝台に横たわって、しばし天蓋を見上げた。

その日の昼、エルナはザビーネに呼び出された。

クローゼットから選び出したのは、モスグリーンのドレスである。膨らみは抑えられ、胸元も詰まっている。わずかなレースの飾りがついている他は装飾がほとんどない清潔感のあるこのドレスこそ、今の自分の微妙な立場をあらわすのにふさわしいとエルナには思われた。

ザビーネに遣わされた女官が迎えに来たため、彼女のあとをついて階段を上り、宮殿の廊下を進む。

「いったいどんなご用でしょう」

「そうね……」

後ろを歩くマリーのつぶやきに上の空で答えてしまう。頭の中では、呼び出しの理由が様々に渦巻いていた。

(ユリアンの申し出がお耳に入ったのかしら)

皇妃であるザビーネには当然話がいくだろう。

むろん、エルナが皇妃になるなんて、受け入れがたいはずだ。父母が先帝暗殺者という大罪人なのだ。

（ユリアンの助けにならない……むしろ、足手まといになると思われても当然だわ）

ユリアンは何があってもエルナを未来の皇妃にすると言っていたが、常識的に考えれば、あきらめるほうが最善だ。

（このままユリアンに手を引かれるままに進んでいいの？）

やはり、身を引いたほうがいいのか。

けれども、このままユリアンの前から去れば、フシュミスル家の再興などとうていかなわない。

（このまま名誉を奪われたままでは、死んだあと、お父様やお母様に合わせる顔がないわ）

チャンスがあるなら、なんとかするのがエルナの責任ではないか。

うつむいてグルグルと考えていた姿がマリーの不安を誘ったのかもしれない。背後から励ましの声をかけられる。

「姫様、自信を持ってくださいね」

「え、ええ」

ザビーネの女官に変な先入観を持たれたくないから、控えめに答える。エルナは先導する女官の姿勢のよい背中を見ながら、考えを切り替える。

（ユリアンが不利益をこうむるなら、わたしはなんとしてでも退かなければ）

原理原則をはっきりさせれば、自ずと対応は明確になるはず。

自分がかろうじて命を拾われた人間だということを忘れてはいけない。恋愛感情だけで動けないのだ。

（助けてくれたユリアンと、処刑されてしまったお父様とお母様……みなに報いるための行動をしなければ）

考えていると、宮殿の二階にあるザビーネの居室に到着した。

金鍍金（メッキ）のドアノブにアカンサスの浮彫が施された飴色の扉。重々しい扉が内から開かれて、エルナたちは中に招かれる。

日当たりのよい応接室には、座り心地のよさそうなソファや猫脚のテーブルがあり、壁際には東洋から運び込まれた焼き物が飾られている。

ザビーネはソファに座り、エルナに感情の窺えない目を向ける。彼女の背後には、リーゼが立っていた。

ふたりとも、襟ぐりや袖口にたっぷりとレースを配した華やかなドレスを着ている。イヤリングやネックレスも金地に真珠やエメラルドを配した豪華なもので、皇妃とその筆頭女官という身分にふさわしいものだった。

ザビーネが、立ち尽くすエルナを促す。

「エルナ嬢、お座りなさい」

「……はい」

ザビーネとテーブルを挟んでソファに座る。尻が沈むほどの感触が久しぶりで、エルナは内心で戸惑いながら、表情は微笑みをつくった。

エルナが腰を落ち着けると同時に、女官たちが茶の準備をする。カップを目の前に置かれ、湯気の立つ茶を注がれて、意外な思いになった。

（……もっと歓迎されざる客として応対されるだろうと想像していたのに）

緊張感は保ったまま友好的な笑みを浮かべていると、ザビーネがカップを手にとった。

「エルナ嬢もお飲みなさいな」

「はい……」

ザビーネが一口含んだのを見計らって、エルナも茶を飲む。熟した果物にも似た香りが緊張をふわりと解きほぐす。

「おいしい……」

自然とこぼれた感嘆に、リーゼが鼻で嗤う顔をした。子どものように感想をこぼしたのが恥ずかしくなってうつむくと、リーゼがゆったりとうなずく。

「いいお茶よ、これは。香りを楽しむためのお茶ね。エルナ嬢は久しぶりでしょう」

「はい。修道院では、こんなすばらしいお茶を飲む機会がありませんでした」

「でしょうね」

応じたザビーネはいったん押し黙ってから、口を開いた。

「……ユリアンが、あなたを未来の皇妃にしたいと言ったそうですね」

「はい……」

やはりザビーネにまで話は伝わっていた。

（……当然だわ）

皇妃として、息子の婚姻にかかわらないはずがない。

（そして、当然反対するはず）

聞かずとも想像できる。かえって気が楽になるほどだ。

ザビーネは肘かけにもたれかかると、顔の半分を手で覆った。

「ユリアンに問いましたが、本気だと言っていました。本気であなたを妃にするつもりだと」

ザビーネの背後に立つリーゼが鮮やかな紅を塗った唇を開きかけ――かすかな笑みを浮かべて押し黙る。

ザビーネはしばし黙ってから、息を吐いた。

「信じがたい話です」

「はい……」

エルナは身の置き所もない気持ちでうなずく。

「あの子は頑固なところがあって、一度言い出したら、なかなか自分の意見を曲げませんん」

ザビーネは肘かけから身を起こすと、エルナを検分するように見つめた。

「ですから、わたくしはあなたに要求します。あなたには、未来の皇妃にふさわしい行動をしてもらわないといけません」

「未来の皇妃にふさわしい行動、ですか？」

まったく想像外の要求だった。そもそも、反対されると思っていたのだ。

エルナの顔が本心を映しだしていたのか、ザビーネが補足する。

「反対しても、ユリアンはわたくしの説得など一切聞き入れないわ。まずはあなたが皇妃になれるかどうかを見極めます」

「……わかりました」

エルナは顎を引いた。何を要求されるかわからないが、ユリアンと自分の両親のためにもやるしかない。

「そうです。まもなく春に定例で実施される〝貧者への施し〟があります。あなたも知っているでしょう？」

「はい。存じております」

「そのための準備でわたくしも女官たちも忙しいのです。あなたにも手伝ってもらいます」

お茶を飲むザビーネを見ながら、肩から力が抜ける思いだった。

（……修道院でいつもやっていたことだわ）

〝貧者への施し〟は五月の初めに実施される定期的な施しのひとつだ。

長い冬を抜け、季節が変わるこの時期。困窮する民に衣類や寝具を配ったり、収穫したばかりのジャガイモや玉ねぎを配ったりする。

これらは富める者の義務であり、王侯や星教会が必ず行わなければならない善行と定められていた。エルナも当然のように加わったし、みなの喜ぶ顔がうれしかった。

「エルナ嬢、どうですか？」

焦れたようにたずねられて、エルナはあわててうなずいた。

「かしこまりました。修道院でもやっていたことですし、わたしもお役に立てるかと思います。必ず参加いたします」

「そうですか。ならばよかった。針仕事ができない娘は困りものですからね」

ザビーネはそう言うと、周囲の女官を見回した。中には顔を伏せる者もいる。

エルナも緊張して膝の上で手を握りあわせた。

（……慣れてはいるのだけれど）

修道院では寝具から衣服まで自らの手で縫ってきた。それが当たり前で生活の一部だった。

（修道院で配ったときは喜んでもらっていたけれど、皇妃様に満足していただけるかしら）

エルナが縫ったものをザビーネが認めてくれるかどうか。

「では、今日からはじめましょう。ここは皇都です。〝貧者への施し〟に集まる民は、あなたが住んでいた田舎よりも、はるかに多いと思ってちょうだい」

「はい」

エルナは真剣にうなずく。

近隣の農民百人ほどに配ればよかった聖マグダラ修道院と違って、皇都ではどれほどの数の民が集まるかわからない。

「リーゼ、準備をはじめて」

「かしこまりました」

リーゼが、控えている女官たちのもとに向かう。エルナのそばを通りかかったとき、棘を含んだ視線を投げかけられたことを自覚せずにはいられなかった。


翌日、またその翌日と、朝食を済ませてから、エルナは指定された作業部屋に向かった。縫わねばならないものは衣服に下着、寝具など様々で、定められた型紙どおりに切った布をひたすら縫い合わせていく。

修道院生活で慣れていたものだから、針仕事に苦痛を覚えはしない。それに、自分が縫った服をうれしそうに着てくれる姿を見れば、疲労も吹き飛ぶものだ。しかし、できればえがザビーネを満足させられるかどうかは気になった。当のザビーネからは何も指摘されないのだが。

（さあ、今日もがんばろう）

この日、作業部屋にザビーネはいなかった。しかし、リーゼやエルナ以外の貴族の女性陣はいつもどおりに集合して作業に従事する。

みなソファや椅子に座っているが、近しい者のそばにいたがるのは、おしゃべりのためだろう。

エルナは黙々と縫っていたが、他の女たちは手よりも口を盛んに動かしながら縫い物をしている。

「リートベルク伯爵夫人が間男を連れ込んだんですって!?」

「そうよ。しかも、最悪の失敗をなさったのよ。だって、夫であるリートベルク伯爵に目撃されたんだもの」

「伯爵夫人は賢い方だという噂を聞いていたのにねぇ！」

「賢いどころか……お相手はあのディーブルク男爵よ」

「男爵、美形ですもの」

「美形だってことしか取り柄がないじゃないの」

辛辣な噂話に、エルナは耳をふさぎたくなったが、我慢して縫い物を続ける。

丈夫な服になるように針を細かく動かしながら縫っていると、隣に座る夫人がエルナの手元を覗いてきた。

「まあ、とってもお上手」

大げさな称賛に、夫人たちが集って来た。

「細かいわねぇ。これこそ理想の縫い目だわ」

「本当ね」

「修道院にいらしたのですもの。わたくしたちより縫い物がお上手なのは当然ですわ」

と言い放ったのは、座ったままのリーゼだった。彼女の発言に周囲が顔を見合わせる。

「修道院は自給自足が基本。エルナ嬢も針仕事には日々取り組んでいらっしゃったのでしょう？」

「ええ」

リーゼの質問に内心では身構えつつ答える。

「そういえば、アマーリエ様も縫い物はお上手でいらしたわ」

恰幅のよい貴族の夫人がそう言えば、細面の夫人がうなずく。

「わたくし、一度アマーリエ様と〝貧者への施し〟のご用意をしたことがありましたけれど、縫い目が細かくて、すばらしいできばえでしたわ。おまけに縫うのもお速くて、感心したものですよ」

「それはそれは……」

「でも、アマーリエ様はねぇ……」

と頬に手を当て、意味深につぶやいた細面の夫人に、リーゼが首を傾げてみせる。

「アマーリエ様がどうかなさったんですか？」

「アマーリエ様は男の方に人気があって、常に崇拝者に囲まれていらっしゃったの。決闘まで起きたことがあったのよ」

エルナはどきりとして、布を押さえていた指に針を刺してしまう。深々と刺してしまったため、悲鳴を懸命に呑み込んだ。縫い物を膝に置くと、血がにじんだ指をハンカチーフで押さえる。エルナの苦痛などつゆ知らず、おしゃべりは続く。

「まぁ、大変……！」

「本当にあのときは大騒ぎになったのよ。侯爵家の子息と伯爵家の子息の一騎打ちとあって、みな見学にあらわれるし、歓声が飛ぶ、野次で煽ると、もうとんでもない騒動だったわ」

「見たかったわ」

「計三回はあったかしらねぇ。結局、フシュミスル公爵とご結婚なさったけれど、わたくしたちの母親たちはみなほっとしたらしいわ。アマーリエ様が落ち着かれたことで、変な騒ぎとはようやくおさらばだわって」

細面の夫人がそう締めくくり、話は終わるかに思えた。

「アマーリエ様は皇帝陛下の想い人だったというお噂をお聞きしたことがありますが、本当ですか？」

リーゼの発言に、エルナは思わず彼女を見た。リーゼは不穏な笑みを浮かべて、見つめ返してくる。

リーゼの質問は撒き餌のようなものだった。手負いの子羊を見つけた狼のように、女たちはこの話題にむらがった。

「そうなのよ。皇帝陛下はお若いときにアマーリエ様に恋い焦がれていらしたとか」

「そのせいで、皇帝陛下とフシュミスル公は不仲だったそうよ」

「あら、皇位継承争いのためではなくて？」

「それだけではなかったともっぱらの噂よ。アマーリエ様を巡っての争いが、おふたりの間に勃発していたんですって」

「まぁ」

楽しそうにおしゃべりしている彼女らは、エルナが話を聞いていることをすっかり忘れているのだろうか。

（それとも、聞かされているのかしら……）

エルナの反応こそ娯楽にしようと考えているのか。

表面では微笑みを浮かべ、その実は苦しい思いで聞いていると、リーゼが薄ら笑いを浮かべた。

「アマーリエ様は皇帝陛下とフシュミスル公の争いの種になっていたのですね」

「そこまで断言してしまうのはどうかと思うのだけれど……でも、あんなにお美しい方は、やはり争いの種になるものなのねぇと思ったわ」

「わたくしの夫も、アマーリエ様を見かけるたびに鼻の下を伸ばしていたわ。お美しくて、でも控えめな方だったから、心惹かれるのも無理はないけれど」

「うちもよ。だけど、六年前の事件以来、さすがに話すことはなくなって――」

「みなさま、作業は進んでいらっしゃるの?」

突如響いた声に、みな一斉に部屋の入り口を見た。そこにはザビーネの姿があった。

彼女は気難しい表情を隠しもせずに周囲を見回した。

「〝貧者への施し〟まで、時間がありません。みなさま、ご準備はお済みなの?」

「あ、あら、いけない」

「まぁ、そちら、まだ前身頃の縫い合わせが終わっていませんの?」

「そういうあなたこそ、袖を縫い終わっていないじゃないの」

どうやらおしゃべりは終わりのようだ。エルナはほっとして、怪我をした指からハンカチーフを放す。白いハンカチーフには、真っ赤な染みが広がっていた。

気を取り直し、刺した指を使わないようにしながら衣服を縫っていると、ザビーネがすぐ近くに立った。黙って立たれるものだから圧迫感を覚えて、手が震えそうになる。懸命にこらえて縫い物を続けていると、ザビーネが小さく息を吐く気配がした。

「なかなかの腕前だこと」

賛辞に顔をあげると、彼女の満足そうなまなざしが向けられていた。

「想像以上にお上手ね、エルナ嬢」

「あ、ありがとうございます」

「あなたが加わったなら、だいぶはかどりそうだわ」

「そうだといいのですが」

　エルナは微笑みを浮かべて対応する。ささやかでも役に立てるなら、うれしい。

「みなさまも励んでちょうだいね。皇帝のお膝元であるトゥールの施しは国で一番盛大に催されます。配給が不足するようだと、下手をしたら暴動になるのだから」

　ザビーネが険しい顔になった。エルナは唖然としつつ彼女の発言に聞き入る。

（皇都は大変だわ……）

　住民が多い分、要求も多いのだろう。それにしても、暴動とは穏やかではない。

「時間はあまりないのですからね。みなさまには、しっかりしていただかなくては」

　ザビーネの発言に従うことを示すように、みな低頭する。ふと顔を上げたエルナは、リーゼがザビーネに向けた視線の鋭さに、呼吸が止まりそうになるのだった。


　翌日、エルナは縫い物を終えると、部屋を出た。

　夕刻と夜の端境で、宮殿の中は早くも薄暗い。下働きの男たちが廊下に明かりをつけていく。壁につけている明かりは、油を満たした皿に灯心をひたしているものだ。灯心に火がつけられる様子を眺めながら自室に戻っていると、十字路にいた男が腰を曲げて敬意を示しつつ壁際に退いた。立ち止まると、皇帝が十字路の左手から曲がってくるところだった。ふたりの侍従を連れた姿は厳めしく、周囲を圧迫する威厳に満ちている。

エルナは壁際に寄ると、少し腰を屈めて礼を示し、彼をやりすごそうとした。ところが、皇帝はわざわざエルナに近づいてきた。鼓動が一気に速くなった。

「〝貧者への施し〟のために励んでおると聞いたが」

「はい……」

エルナは瞼を伏せたままうなずいた。

「縫い物は得意のようだな」

ザビーネから聞いたのだろうか。エルナは内心で困惑しつつも表情を変えぬよう気をつけ、そろりと顔をあげる。

「慣れているだけです。できばえはさほどでも……」

「謙遜しなくていい。ザビーネは世辞を言わぬ女だ」

「はい」

重々しい声にうなずきながら、エルナは困惑を深める。

(この方がお父様とお母様を処刑した……)

そして、エルナを修道院に放り込んだ。

仇である。しかし、反抗などもってのほかだ。

(少しでもお父様とお母様の汚名を雪ぐ。フシュミスル家を再興して、新たな名誉を手に入れる)

そのためには、皇太子妃になるほうがいい。皇帝との仲は穏便なほうがいい。

そのように計算高く振る舞おうと考えても、やはり心がざわめく。

そのとき、ふいに顎を摑まれて持ち上げられた。勝手に我が身に触れられる怒りと恐怖を懸命にこらえる。

「似ているな、アマーリエに」

エルナは目を見開いた。それから唇を強く嚙む。

腹の奥からこみあげてきた憤怒を懸命に押さえつける。

（この間も、そうおっしゃったわ）

自分が命を下して母を殺しておいて、素知らぬように母を話題にする。

（……お母様を処刑したのは、あなただというのに）

儚く散った母がもてあそばれているような不快感を覚えてしまう。

あふれそうになる恨みをこらえてから、皇帝に微笑んだ。

「似てはいないと思います。母はもっと美しい女でした」

そして、心は清らかだった。エルナのように打算で行動するような女ではなかった。

「そなたも美しいぞ、アマーリエと同じく」

淡々とした物言いだから、本心かどうかわからない。ただ、皇帝が早く去ってくれることを願いながら告げる。

「いいえ、わたしは母とは似ても似つきません。外見も、中身も」

皇帝はエルナの目をじっと見つめてくる。エルナも彼をまっすぐに見返す。蛇と蛙の睨み合いのように膠着(こうちゃく)した状態を、荒々しい足音が破った。

「そこにおられるのは、エルナ様ですか？」

皇帝がエルナの顎を解放する。自由を取り戻した安堵にほっと息をついてから、声をかけた男――リーヌスにうなずいた。

「はい」

リーヌスはエルナたちに近づくと、皇帝に気づき一歩退いた。

「陛下、失礼をいたしました」

「エルナ嬢に用があるのではないか？」

皇帝に確認されて、リーヌスはうなずく。

「はい」

「では、話をするといい」

皇帝はふたりをその場において、歩き去っていく。肩から自然と力が抜け、エルナは息を吐いた。

「何かありましたか？」

リーヌスが心配そうにする。

「大丈夫。何もないわ」

「ならば、よろしゅうございますが」

彼は少しためらったあとに、声を落として話しはじめた。

「殿下の部屋に来ていただけますか？」

「……ユリアンに何かあったの？」

エルナも小声で応じると、リーヌスは深くうなずいた。

「また咳が出るようになりまして」

「えっ」

エルナは高い声を出したあと、口を手で覆う。

「治まってきたと思ったのに……」

「はい。そう考えていたのですが、どうやら、またぶり返したようで……。エルナ様、足をお運びいただけますか？」

「もちろんよ」

エルナは大きくうなずいた。ここ数日、縫い物に忙しく——さらには彼も回復してきたからと安心して様子を見に行っていなかった。

（……申し訳ないことをしたわ）

エルナはこぶしを握って胸に押し当てる。まだ油断は禁物だったのだ。

「では、お願いします」

「ええ」

彼のあとについて急いで歩く。ユリアンの部屋に一歩入ると、苦しげな咳の音が寝室から離れたところでも聞こえてきた。

「ユリアン！」

いてもたってもいられずに、エルナは急いで寝室に入る。そこでは寝台に横たわったユリアンが苦しげに背を丸めていた。

「ユリアン、大丈夫？」

エルナは彼に駆け寄ると、寝台のそばにひざまずき、広い背中を撫でる。ユリアンは肩を上下させて息をしながらうなずいた。

「だ、大丈夫だよ、エルナ」

「ごめんなさい、しばらく診に来なかったせいで……！」

〝貧者への施し〟のための活動や彼の容態が安定したことへの慢心のせいもある。だが、ユリアンを避けていた本当の理由は、あの夜のせいだ。

（あんなことをされてしまったから……）

ふたりが行ったのは、まさに情交と呼ぶべきものだ。たとえ純潔を奪われなかったとしても、エルナは彼に愛撫されて肉体に快感を刻まれた。

（そのことにどう対応していいかわからなくて、ユリアンと接することを避けていた）

だから、ユリアンがこうなったのには、責任の一端を感じてしまう。あの記憶に蓋をするにしろ、受け入れるにしろ、彼の容態を診ることとは切り離して考えるべきだったのだ。

「エルナのせいじゃない」

「でも……」

「ちょっと無理をしたせいだよ。父上と政務のことで話し合いを続けていたから……」

ユリアンはそこでまた咳き込んでしまう。エルナは彼の背を撫でた。

「もう休んで、ユリアン。お薬をつくってくるから」

エルナがそう告げると、彼はエルナの目をまっすぐに見上げてきた。

「エルナ。俺のことを嫌いになったんじゃないよな？」

ユリアンの不安そうなまなざしに、エルナの罪悪感が膨れあがる。

「嫌いになんか、なってないわ、ユリアン」

「でも、俺に会いに来てくれなかった……」

ユリアンはさみしげに言うと、寝台から身を起こす。

「その……縫い物で忙しかったから……」

もぞもぞと言い訳をすると、彼が少しだけ表情を明るくする。

「じゃあ、俺を避けてるわけじゃないんだな」

「も、もちろんよ、ユリアン」

あの夜の触れ合いの記憶をうまく処理できないだけだ。

「よかった。心配してたんだ、エルナに嫌われたんじゃないかって」

ユリアンが心底安堵した顔になる。彼はエルナの頬に手を伸ばして触れる。

「俺があんなことをしたから、エルナは俺を嫌いになってしまったんじゃないかって、ずっと考えていたんだよ」

頬がかあっと熱くなる。自分の本心を見事に言い当てられてしまったが、かろうじて否定する。

「ち、違うわ……！」

「なら、よかった」

ユリアンはそう言ってから、少しだけ視線を膝に落としたあと、エルナの顔を再度見つめた。

「俺たちはずっと会わずにいたから、エルナは俺が豹変したと思っているんだろうけれど、俺はずっとエルナを好きだったし、エルナと再会したあとは、早く抱きしめたいと願っていた」

「そ、そう……」

赤裸々な告白に、エルナは赤面してうつむく。

「俺はエルナを必ず皇妃にする。エルナに新たな名誉を与えることで、フシュミスル家に与えた汚名を少しでも返上したい」

ユリアンの断固とした言葉だけで、慰められる気がする。

「ありがとう、ユリアン」

「わかってもらえて、よかった——」

そこでユリアンが咳き込むものだから、エルナはあわてて彼の背を撫でた。

「ユリアン、やっぱりお薬をつくってくるわ」

「エルナ――」

離れようとするエルナの腕をユリアンが摑んでくる。引き寄せられて、エルナは面食らった。

「どうしたの？」

振り返ると、常に柔和な彼の目元には、ただならぬ迫力が宿っていた。

戸惑いながら発した質問に、彼がゆっくりと答える。

「エルナ……俺がなすことは、すべて君のためだ」

「え、え？」

「だから、何があっても俺を嫌いにならないで――」

そう言って激しく咳き込む。エルナは寝台に崩れ落ちるユリアンの背を必死に撫でる。

「わかったわ、ユリアン。だから、無理にしゃべらないで」

「……ありがとう、エルナ」

ユリアンは手を伸ばしてエルナの手を握る。熱いほどの体温に、エルナの心はどうしようもなく高鳴ってしまう。

（……あなたを嫌いになることなんてないわ）

誰もが蔑むエルナをこれほどまでに愛してくれるのは、ユリアンだけだ。彼だけが幼いころから今までずっと、真摯な愛を捧げてくれた。

（わたしもユリアンとずっと一緒にいたい）

身を引くどころか、そんな欲深な願いさえ抱いてしまう。いつ宮殿から放逐されるかわからない身の上なのに。

（ユリアンと共にいるために、わたしには何ができるの？）

手さぐりで闇を進む気持ちになりながら、彼の背を一心に撫で続けた。

五日後。エルナはいつものように作業部屋で縫い物をしていた。

昼は縫い物、夜はユリアンの看病についているせいで、なんとなく疲労を感じる。

それでも針をせわしなく動かしていると、隣に座った年配の夫人がじっと自分を見ていることに気づいた。

白髪の交じった金茶色の髪を結い、真珠の髪飾りをつけた女性は、目尻の下がったやさしげな目元とぽってりとした官能的な唇をしており、若いころは美女と呼ばれただろうと思わされる。確か、ノイマン子爵の奥方だと記憶を探っていると、彼女が話しかけてきた。

「エルナ嬢は調薬の技を身につけていらっしゃると聞きましたが、本当？」

「はい」

「まあ、やはりそうなの？　それでは……お薬をお願いすることはできる？」

「もちろんです」

エルナは針を止めて、彼女を子細に見つめた。熱でもあるのか顔が火照っていて、汗の粒を額に浮かべている。彼女はハンカチーフをポケットから取り出して、汗を拭った。

「ここ半年ばかり、身体が火照って仕方がないのよ」

「半年もですか？」

エルナは考え込む。どういった病気ならそういう状態が続くのだろう。

「それに、寝ても疲れがとれなくて、倦怠感があるのよ」

「火照りと倦怠感……」

症状と夫人の年齢を考え合わせれば、加齢に伴う不調だと考えられるが。

「お薬か何かを飲まれたことが？」

「いえ、我慢できるのであれば、飲まなくていいと思っていたのよ。でもね、ここ一月ばかり、調子が悪くて」

「でしたら、何か……気分が軽くなる薬草茶を処方しましょうか。軽いものでしたら、身体に負担がかかりませんし」

「それはいいわね」

そんな会話をしながら再び針を動かそうとするふたりの間に割って入ったのは、近くに座るリーゼの冷たい声だった。

「子爵夫人。エルナ嬢の調薬の腕を信じすぎるのは、どうかと思いますわ。ユリアン様は再び体調が悪くなったということですもの」

刺々しい言葉に周囲がざわめく。エルナは唇を引き締めて答えた。

「確かに、皇太子殿下は再び体調が悪くなりました。ですが僭越ながら申し上げますと、薬をいったんやめたのが原因だと考えられます」

　ユリアンは、あろうことか、エルナの薬を飲むのをしばらくやめていたのだという。それを打ち明けられたエルナは、厳しく注意した。

「では、お薬を飲み続けていれば大丈夫だったと？」

「だと考えます。薬で一時的に症状が治まったことを全快したと誤解してしまうことはよくあることです。根治するためには、薬を続けてもらうことが大切ですから」

「なるほど。エルナ嬢の発言は理にかなっていますわね」

　とある夫人が納得したようにうなずくと、リーゼが吐き捨てた。

「先帝に毒を盛った男の娘をそう簡単に信じてよいのでしょうか」

　リーゼの発言は敵意に満ちている。夫人たちが顔を見合わせて、様子を窺う視線を送ってきた。

「それは……」

　エルナは自然と唇を噛んでしまう。その点を指摘されたらどうしようもない。

「……でも、エルナ嬢にその気があれば、いつでも皇太子殿下に毒を盛ることができるのでは？　それをなさらなかったということは、お父上の罪とは関係ないとも言えるのではありませんか？」

　と口を挟んだのは、ノイマン子爵夫人だった。彼女は友好的な微笑みをリーゼに浮かべながら続ける。

「わたくしは、エルナ嬢の薬法の恩恵にあずかりたく思います。あまり体調がよろしくもありませんし……。それに、試してみて、身体に合わなかったらやめる、ということもできますわよね」

「ええ、もちろんです」

彼女の確認に応じながら、エルナは微笑む。薬は、合わなければ合うものを探すまでだ。我慢して合わない薬を服用し続けることこそよくない。

「では、お願いいたしますわ。このあとにでも相談にのっていただけます？」

「もちろんです」

穏やかに応じあうエルナとノイマン子爵夫人を見つめるリーゼのまなざしは、不快感を示している。

「……リーゼ嬢も何か気分が軽くなるような薬草茶を処方していただいたら？」

リーゼのそばに座る夫人が冗談まじりに勧めると、彼女は眦をつり上げた。

「冗談じゃありませんわ。毒を盛られて死ねとでもおっしゃるの!?」

リーゼは怒りをあらわにしながら部屋を出ていく。

エルナはその背を見送ってから、息を吐いた。

(どうしたものかしら……)

彼女から向けられる敵意を、どうやって解消してよいかわからない。

(何かをした覚えはないけれど……)

そもそも、エルナがフシュミスル家の娘であるという事実からして気に食わないのかもしれない。だとしたら、手の打ちようはなかった。

「気になさる必要はございませんわよ」

ノイマン子爵夫人が冷たくささやく。彼女を見つめると、顔を左右に振って続けた。

「バッスル公爵令嬢は、コンラート様が亡くなってからも領地に帰らず、皇妃様の筆頭女官の座についております。コンラート様の薨去は突然でしたし、すぐに領地に帰せば宮殿から追い出すようで外聞が悪い、ということもあるのでしょう」

「はい」

エルナがおとなしく聞く姿勢を示したことを確認して、彼女はしかめっ面で続ける。

「バッスル公爵令嬢は、今後もコンラート様の婚約者であったときと同じ待遇を望んでいるようですわ」

ノイマン子爵夫人の意味深な言葉を何度も噛み締める。

(……つまり、リーゼ嬢はユリアンとの婚約を望んでいるということ?)

兄の婚約者が、兄が死んだために弟の婚約者になったという話は珍しくはない。

(だけど、ユリアンは何も言わなかった)

エルナとの婚約の話を進めている——ということは、リーゼをどうする気なのか。

(……ユリアンに訊いてみよう)

自分がエレンブルン宮殿に来たことで、リーゼの思惑は外れてしまったはずだ。それをユリアンたちは知っているのだろうか。

「……エルナ嬢？」

ノイマン子爵夫人の呼びかけに我に返ると、あわてて笑顔をつくって礼を述べた。

「教えてくださり、ありがとうございます。わたしは宮殿に来たばかりで事情に疎い身です。これからもご教示いただけましたら助かります」

「あらあら、ご教示だなんて、そんな」

ノイマン子爵夫人は上機嫌になる。エルナは安堵すると、一拍の間のあとに縫い物を続けた。

（リーゼ嬢がユリアンの婚約者になるなら、それはユリアンにとって望ましいと考えられるのだけれど……）

ユリアンにバッスル家という後ろ盾もできる。

（意見を聞いてみなければ）

彼がもっとも得をする選択を促さなければ。

堂々巡りになりそうな思考を打ち切ると、針を極限まで細かく動かして、作業に没頭した。

その夜、エルナは薬湯を持ってユリアンの部屋に赴いた。寝室に入ると、寝台で半身を起こしていたユリアンは小ぶりなグラスに口をつけようとしていた。

「ユリアン、何を飲んでいるの？」

「いや、これは——」

あわてた顔をするから、エルナは眉を跳ね上げた。

「いったい何を飲もうとしてるの？」

「たいしたものじゃない」

「たいしたものじゃないって、いったいなんなの？」

エルナは寝台のそばのテーブルに薬湯ののったトレイを置くと、手を伸ばした。彼は眉尻を情けなく下げて、グラスをエルナに渡す。

グラスには緑色の液体が入っていた。鼻の頭に皺を寄せてしまうほどに奇妙な色だ。

「精がつく酒だそうだよ」

「お酒？　体調が悪いときに飲んだらだめよ」

「でも、精がつく薬酒ということだし、身体にいいんじゃないかな」

言われて、エルナはグラスの香りを嗅ぐ。

「甘い香りね……」

色のイメージとは異なる甘ったるい香りだ。たとえるなら熟した果物の香りに似ている。

「俺に飲んじゃダメって言うなら、エルナが味見してみてくれよ。それは異国から輸入された品で、とても高価な酒らしいんだ。もらいものだし、飲んでみてうまいかまずいか感想を伝えないといけない」

ユリアンの頼みを聞きながら、エルナは香りを嗅ぎ続ける。

(なんの薬草が混入されているのかしら)

薬の中には合わせて飲んだら体調を悪くするようなものもある。たとえこれが酒だといっても、薬酒である限り、薬湯の効果を打ち消すかもしれない。

「くれた人間には礼を言わないといけないし、味について質問されたら困るだろう？　適当なことを言って、飲んでいないとバレたらよくない」

ユリアンの言い分はもっともだ。

「わかったわ。あなたに飲ませていいか、味見をしてみるわ」

グラスに口をつけて一口飲む。色合いが毒々しいのでひるんだが、香りは甘いし口当たりもよい酒だった。

「どうだい？」

「少し度数が高いのね。でも、意外とおいしいわ」

「だろう？　もう少し飲んでもいいよ」

ニコニコしながら勧められて、エルナは再度一口飲む。意外に飲みやすく、うっかり半分以上飲んでしまう。

「思ったより飲みやすいのね」

「そうだろう？」

結局、もったいないという気持ちもあって、全部飲んでしまう。

「ユリアン、精がつく薬酒ということだけど、どんな薬草が入っているの？」

「俺もよく知らない。ただ、滋養強壮に効く鹿の角を粉末にしたものが入っているそうだよ」

「えっ？」

思わず喉を押さえた。東洋の薬方には鹿の角を使った薬があるが、よもや自分が飲む羽目になるとは。

ユリアンが心配そうにする。

「まずかった？」

「……いいえ。まずくはないわよ」

エルナは首を左右に振った。

(おいしかったけれど、中身は少し気になるわ)

薬の材料というのは、なかなか受け入れがたい物質もある。

焼いたイモリ、動物の内臓、毒草に鉱物。様々な材料から薬はつくられるからだ。

(よほどたくさんの種類の薬草を調合してあるのかしら)

薬酒の材料が、ユリアンが告げる鹿の角以外にわからない。首をひねっていたが、気を取り直してユリアンに薬湯を勧める。

「とにかく、先にわたしの薬を飲んでもらおうかしら」

「え、ああ、もちろん」

ユリアンは薬湯の入ったカップのつまみを優雅に持つと、薬湯を飲みだす。

「うん、相変わらず微妙に苦いな」

「そういうものよ。我慢して飲んで」

「わかったよ。エルナはたまに俺の姉さんみたいになるなぁ」

「だって、ユリアンが弟みたいな振る舞いをするから」

実際のところ、エルナには兄弟が一切いないから、弟がどういったものなのかわからない。

けれども、ユリアンの自由奔放さに接していると、弟をたしなめる姉の気分にさせられる。

(昔からこうだったわ……)

いたずら好きで、明るい瞳のユリアンといると、やんちゃな弟を相手にしているような錯覚を覚えた。

(コンラートはわたしと距離を取っていたのに)

隙あらばいたずらを仕かけてくるユリアンと、厳しい態度で接してくるコンラート。

ふたりは全然違っていた。

そんなことを考えていると、ふいにめまいを覚えて、エルナはたたらを踏んだ。腕を引かれて、寝台に座る。背後にいるユリアンが小さな笑いをこぼした。

「大丈夫か、エルナ」

「ええ、大丈夫……」

薬酒といえども酒を飲んでしまったからか、なんだか足元が覚束ない。

「酒、強かったかな？」

「どうかしら……いつも飲まないから、わからないわ」

「じゃあ、身体が慣れていないんだろうな。酒はおいしいものだよ。慣れるとね」

「慣れるほど飲む気はないわ」

ユリアンが背後からエルナを抱きすくめてくる。腰や胸にからむ腕は筋肉が張ってたくましい。

抱きしめてきた上に、彼はエルナの首元に顔をうずめてきた。

「……エルナ、いい匂いがするな」

唇の動きがくすぐったくて、心臓が大きく跳ねる。

「お湯を使ったから……」

なにげなく答えたあとで、たじろいだ。

（……さ、誘っているとでも思われてしまうかしら……）

むろん、そんな気持ちはまったくない。明日も〝貧者への施し〟の作業があるから、ユリアンに薬を飲ませたら寝ようと計画していただけだ。

緊張して身体を硬直させていると、ユリアンが髪を梳きながらつぶやく。

「それだけじゃない。エルナはいつもいい香りがするよ」

「そんなことはないわ。たまたまよ」

「昔からだよ。昔から、エルナはいい香りがしてた」

耳元でささやかれると、無性に危機感を覚えて彼の行動をやめさせたくなる。だから、まったく関係のない話題を持ち出すことにした。

「……ユリアン。リーゼ嬢は……その、どうするの？」

突然の話題の転換に、ユリアンが怪訝そうに問い返す。

「どうするって、どういう意味？」

「わたし、聞いたの。リーゼ嬢は……あなたと婚約したいと願っているんでしょう？」

「そう？」

ユリアンの返答はそっけない。想像すらしたことがないと言いたげだ。

ためらいつつも考えを伝える。

「そうらしいわ。彼女の立場を考えたら、ある意味当然の願いだと思うのだけれど……」

言いながら、改めて納得してしまう。

（公爵令嬢で、皇太子の婚約者だったのだもの。同等の相手との結婚を望むなら、当然ユリアンが最適な相手のはず）

しかし、不思議と言えば不思議なことに、ユリアンと彼女の婚約の話は持ち上がっていないのだ。

「……俺はリーゼと婚約する気はないよ」

「でも……」

「リーゼが宮殿にいるのは、社交界の花形でいたいからだろう。リーゼは派手好きだからね」

のんびりとした物言いに、困惑は深まる。

「それだけだと思ってるの？」

「ああ」

ユリアンが背後からエルナを抱きすくめる。

「エルナ、嫉妬（しっと）してるのかい？」

「し、してないわ」

身体が震える。頬を撫でる声の色香、腕の熱さが、素肌にまで染みてくるようだ。

(なんだか、身体が熱い……)

酒が回ってきたのだろうか。全身が熱くてたまらない。身体の芯からひたひたと熱が満ちてくるようだ。

「言っただろう？　俺はエルナが好きなんだよ。リーゼのことなんか気にしなくていい」

「でも……」

「この期に及んで、わたしはあなたにふさわしくない、なんて言い出したら、許さないよ」

エルナの頬にくちづけて、そんなふうに脅してくる。

「許さないって、何をするの？」

「くちづけだよ。恋人同士なら、誰でもするだろう？」

エルナの顎を掴んで横に向けると、唇を重ねてくる。

唇が触れ合うだけのくちづけを何度もすると、めまいが起きそうだ。

「ユリアン……だめ……」

彼の唇が離れた隙に、懸命に制止する。しかし、熱のせいなのか、身体がうまく動かない。手足にも力が入らない。

彼はエルナの前に回ると、深く抱きしめてきた。彼の懐もエルナと同じくらい熱くて戸惑う。

「ユリアン……熱があるみたいよ……休まなきゃ……」

「せっかくエルナがそばにいてくれるのに、休むなんてもったいないよ。俺と遊ぼう」

「あ、遊ぶ？」

エルナが瞼をパチパチさせると、彼が少しだけ身を離して見つめてくる。三日月形になった目は、猛禽のように輝いている。

「遊ぶんだよ。大人にも遊ぶ時間は必要なんだから」

彼はそう言うや、エルナの腰を抱いてくちづけをしてくる。舌をするりと入れて、エルナの舌を誘いだした。舌先から根元まで舐められて、ぶるりと身震いする。

「ん……んん……んあ……」

舌先がもつれあい、唾液を交換するようなくちづけをしながら、ユリアンはエルナを寝台に押し倒した。後ろ頭に当たるシーツの感触に警戒心をかきたてられる。

（……逃げなくては）

けれど、ユリアンに肩を押さえられて、息を奪う勢いでくちづけをされると、逃げるどころかどうにも動けない。口内を舐め尽くす勢いで舌を動かされて、頭がくらくらする。

ユリアンの手がエルナのドレスを脱がせにかかる。背に回った手が器用にボタンをはずしてしまうと、あっさりと肩から落とされた。

「ん……んぅっ……」

腰回りを締め付けず、膨らみも抑えられたドレスだから、肩から落としてしまうと、足元まですんなりと脱げてしまう。彼はたっぷりとしたドレスの布を足首あたりでまとめ、シュミーズの裾をめくって胸を揉みだした。

「んん……いや……」

ようやく解放された唇で懸命に拒絶の意思を示すのに、ユリアンは聞き入れてくれない。コルセットをもとからつけていなかったせいで、ドレスを脱がされてしまえばエルナの身体はあっさりと彼の目にさらされるし、触れられてしまうのだ。

両手で双乳を揉まれて、身をよじる。

「や……いや……やぁ……」

「弾力があって揉みがいがある胸だよな、エルナの胸は」

「やめて、そんなにしちゃ、だめ……」

ユリアンは根元から先端まで乳房に手を這わせ、パン生地でも捏ねるように巧みに揉みしだく。

彼の手が動くたびに、下腹の奥が熱く潤っていく。

(ああ、だめ、身体が熱い……)

全身が火であぶられたように熱いせいか、腹の奥にもたやすく火が点いてしまった。乳首を乳房に埋めるように押し回されると、丸く硬くなったそこから、強い快感が生まれる。

「んん……だめ……だめ……」

胸で感じた快楽がなぜか腰を重くして、さらには淫熱をためていく。

それを知ってか知らずか、ユリアンは感嘆の息を吐いて胸を揉み、乳首をしごく。

「ここが尖って気持ちいいと言ってるのも同然なのに、エルナはだめと言ってばかりだな」

「だ、だって、こんなこと……それに、まだ結婚前なのよ」

エルナは不安を吐露する。定まった立場になっていないのに、身体を求められる。もてあそばれているような不安を感じてしまうのは、仕方ないことではないか。

「ああ、そうだよな。俺が先走りすぎてる。悪いのは俺だ」

ユリアンがそう言いながら乳首をこすりたてる。胸を揉まれつつ頂をいじられて、波のような快楽が下肢まで走る。

「あ……ああっ……」

「エルナ、嫌か。俺に、これ以上触れられるのは」

ユリアンの手が胸から下りて身体の線を辿るものだから、エルナはついあえいでしまう。

「ま、待って……まだ、心の準備が……」

「そんなのは待ってられない——いや、俺が君の身体に触れている間に、エルナは心の準備をすればいい」

「そ、そんな勝手な……!」

エルナは悲鳴をあげる。

ユリアンはエルナの腋に手を入れると、エルナの半身を強引に起こした。膝立ちにさせられて、彼と正面から向き合わされる。

「エルナ、どうしても嫌か？　俺に抱かれるのが」

顔を覗かれて、耳まで熱くなってしまう。

「い、嫌よ……」

「……そうか。だったら、部屋に戻らないと」

首を振りながら残念そうに言うと、足元に落ちたドレスを引き上げようとする。

エルナはぶるりと身を震わせた。

（どうしよう……身体が……すごく熱い……）

触れられた下肢の狭間が、さらには深い部分にうずくような熱がわだかまっている。

我慢しようと何度も喉を鳴らすけれど、噴き上がる熱は熱病のときのように全身を震わせるのだ。

「エルナ、どうする?」

ユリアンは槍(やり)の穂先で突くような鋭さで答えを迫る。やさしげに、けれど意地悪く微笑んでいるのは、エルナの身体の変化を知っているからか。

「ユリアン……」

「俺だったら……いや、俺だけがエルナの身体を冷やしてやれるよ」

ユリアンがすべてを見透かした顔をして、ドロワーズに手を差し入れる。

肉襞を割って狭間を撫でられたとたん、気持ちのよさに喉を反らした。

「あ……ああっ……」

「もう濡れてる。こんなになったら、最後までしないとつらいよ」

ユリアンが狭間に指をすべらせながら、エルナの瞳を覗いてくる。

「さ、最後までって……」

彼の黒い瞳を直視するのが恥ずかしい。そこに映るのは、頬を紅潮させ、潤んだ目をした女。肌を愛撫されて、その感触によがっている娘なのだ。

「濡れるのは当然だよ。さっきの薬酒には、ちょっとした薬を仕込んであったんだ。心を昂(たかぶ)らせてくれる薬だよ」

「あ……あうっ……そ、そこは……」

ユリアンが陰芽を見つけて転がしてくる。

強い快感が下肢を力なく震わせて、エルナは唇を噛んでこぼれそうな唾液を飲み込む。

「く、薬って……何を……」

「だから、催淫剤というやつだよ。そのせいで、エルナの身体は俺に抱かれたくて仕方なくなっているだろう？」

敏感になった肉の粒をこね回されて、腹の奥が熱くとろけてしまいそうになる。

（身体がこんなにもおかしくなっているのは、あの薬酒のせいだなんて……）

あの薬酒を飲もうとする場面は、わざとエルナに見せつけたに違いない。ユリアンがあの薬酒を飲むと言えば、エルナは止めざるを得ない。それを見越した上で、味見と称してエルナが飲むように仕向けたのだ。

「ひ、ひどいわ、ユリアン」

「だって、エルナは俺に抱かれたいんだろう？　だけど、ためらいがあるみたいだから……だったら、そのためらいを消してやったほうがいい」

悪びれることなく言って、陰芽を押し回す。絶妙な力加減でこすりたてるから、肌が粟立つほどの快感が絶え間なく生まれる。

「あ……だめ……あっ……」

「だめだったら、やめようか」

淫芽に触れるのをやめるどころか、ドロワーズからも手を抜かれ、物足りなさだけが身体に残る。

「……ひどい……」

　身体は勝手に熱くなっていて、これ以上の刺激を求めている。それなのに、ユリアンは愛撫をやめてしまうのだ。

「さ、言って、エルナ。続きをしてほしいなら、もっとしてって言わないと」

　ユリアンが微笑みを浮かべて無情に迫る。けれど、そんなはしたない言葉を口にできるはずがない。

　渇きにも似たうずきに耐えていると、ユリアンがエルナの腰を抱いてくちづけてきた。

「ん……んんっ……」

　彼に導かれるようにして舌をからめていると、それだけで花芯がきゅんと熱くなってしまう。

　ユリアンはくちづけをやめると、やさしくささやいてくる。

「言いたくなかったら、自分から全部脱ぐんだ。そうしたら、俺がエルナの熱を冷ましてやる」

　誘惑されて、彼の瞳を覗く。ユリアンは意地悪く笑って、さらに追いつめる。

「うーん、じゃあ、こう言おうか。俺の具合が悪くなったのは、エルナのせいだったよね。だから、償いに俺を気持ちよくしてくれなくちゃ。あの薬酒には手伝ってもらっただけだよ」

残酷な言葉に、エルナは唇を噛む。

(そんな……)

しかし、彼の言うとおりだった。肺が焼けるようだと言っていたユリアンの咳をさらに悪化させたのは、エルナの処方した薬だ。直接診て処方できなかったからだという言い訳など胸を張って言えるはずもない。償いだと言われたら、エルナは彼の望みどおりにするしかなかった。

ひとつ息を吸って覚悟を決めると、震える手でシュミーズを脱ぐ。白い乳房はすっかり上気して紅が散っている。

さらにはドレスを爪先から脱ぎ捨てて、ドロワーズをも脱ぐ。感じやすくなった狭間から布を引きはがす感触にすら腰が震えて、みっともなくてならない。

全裸で膝立ちの姿勢をとる。裸身を余すところなくさらして、エルナは屈辱の極みにあった。

「……エルナ、すごくきれいだ。俺も素肌で抱きあいたいよ……」

感嘆の息を吐いたあと、彼は自らのシャツのボタンをはずしていく。

「ユ、ユリアン」

恥ずかしすぎて直視できない。顔をそむけ、ちらりと目の端で確認すると、シャツを脱いだ彼が脚衣をも引き下ろしていた。

(……病み上がりとは思えないわ)

筋肉がほどよくついた肉体は彫像のように美しかった。胸も腹もはっきりとわかるほど張りがある男らしい身体つきに鼓動が速くなる。

（お、おまけに下半身が大変な事態になっているわ）

へそにつくほど反り返った男根は、威嚇のために鎌首を持ち上げた蛇に姿形が似ていて、とてもまともに見ていられないという気にさせられる。

ユリアンはエルナの腰を抱き、深く抱きしめてくる。なめらかな彼の肌に全身を包まれていると、緊張と安堵が同時に押し寄せてきておかしな具合になってしまう。

「エルナの肌はすごくすべすべしているな。それに、やっぱり甘くていい匂いだ」

首筋に顔をうずめて満足したような息を吐く。

「エルナの裸体は、本当にきれいだな。すごく欲情するよ」

「よ、欲情……？」

「エルナはどう？　俺の身体を見て、抱かれたいと思う？」

髪を一房手にとられ、くちづけされる。エルナは赤面してうつむいた。

本気で嫌なら、彼を突き飛ばしてでも逃げるはずだ。そうしないのは、やはりユリアンが好きだから。とはいっても、今結ばれるのは性急だという気持ちがあった。だから、やはり否定を口にしてしまう。

「……そんなこと、思わないわ」

「ふうん、でも、ここはどうだろうね」

ユリアンがエルナの股間に手を伸ばしてくる。閉じようとする内腿を難なくすり抜けて、秘裂を撫であげる。

「は……ふぅ……あぁ……」

ユリアンの指がすべるたびに悦楽の波に襲われて、全身が他愛もなく震える。下腹の奥が甘いうずきを放ちだす。

「……すごく濡れてる。早く挿れてほしいみたいだ」

「んんっ……い、挿れるのは……」

破瓜を示唆しているのだろうが、エルナにはなお抵抗があった。

「……怖いわ」

愛撫のせいで、声がしっとりと艶めいてしまう。これでは、ユリアンに抵抗の意思が伝わったかどうか、わからない。

「怖くないよ。いっぱいやさしくするから、むしろ俺が欲しいと思うはずだよ」

ユリアンが肩を押してエルナを仰向けに寝かせる。それから、膝を曲げたまま脚を大きく開かされた。

「エルナ、自分の膝の後ろを、自分で抱えて固定して」

「え、そ、そんなこと……」

そんな恥ずかしい姿勢などできるはずがない。ユリアンに性器をさらすことになるではないか。

「ほら、早く」

ユリアンに迫られても、なかなか実行できない。ちゅくちゅくと音をさせて指を動かしている彼が、切なげに訴えてくる。

「エルナ、俺はまた病が再発するかもしれない。その前に、エルナと結ばれたいんだ」

そんな懇願をされたら、拒否することなんてできなくなってしまう。

エルナは恥ずかしさに泣きたくなりながら、自らの腕で膝を抱えて開いた。股間を彼の眼前にさらす体勢をとる。

「うれしいよ、エルナ」

ユリアンがそっと指を這わせてくる。尖った陰芽をこすりたてられ、あふれる蜜を撫でつけるように指を秘裂にすべらされ、呼吸が乱れるほどに感じてしまう。

「は……ああ……あん……ああん……ああ……」

「一回達っておこうか」

肉玉をめちゃくちゃにこすられて、エルナは瞬く間に絶頂に至った。

全身をびくびくと痙攣させ、声もなく快楽を味わい尽くす。

「ひ……ひぁ……はぁ……」

肩を上下させて絶頂の余韻にひたる。身体が震えるたびに、蜜孔から愛液がとろとろとあふれた。

「エルナ、脚をしっかり広げておくんだ」

釘を刺したユリアンが蜜孔に中指をそっと入れる。

「は……あぁ……痛い……だめ……」

エルナは眉間に皺を寄せて指の侵入に耐える。この前と同じく、やはり痛みがこみあげてくる。

「痛い？」

指を半分ほど挿れたところで、少しずつ抜き差ししだした。奥歯を噛んで耐えねばならぬような痛みが走る。

「う……うん……」

「痛いか……ここと同時にしたらどうかな？」

ユリアンが新しい発見をしたような声を出して、陰芽を転がしだす。人差し指で陰芽を前後左右に動かされ、エルナは喉を反らした。

「あ……んあ……ああ……いい……」

油断して、ぽろりと本音をこぼしてしまう。陰芽をくすぐられて得られる快感は強くて鋭く、抗いがたい力がある。

「両方一緒にすると、中がもっと気持ちよくなるよ」

ユリアンが指の侵入を深めた。根元まで入れられると、引きつれるような痛みがまだあった。

「ユリアン、痛い……」

膝を閉じようとするが、彼が容赦なく押しのける。中指を探るように動かされていると、恥丘の裏あたりに、息を呑むように心地よくなる部分があった。

「ここ、いいみたいだな……」

ユリアンはつぶやき、感じてしまった部分を集中的にこすりだす。

酒の効果もあいまってか、酔いが一気に回るほど身体が熱くなる。

「あ、あ、そこ……」

「気持ちいい？」

顔を覗かれてたずねられ、とうとう観念してうなずく。

「……気持ちいい……」

感じるところを集中してくすぐられ、エルナは目を細めた。快感が波のように広がって、もっと触れてほしいとさえ思ってしまう。

「ここも一緒にしようか」

ユリアンが肉芽をやさしくこすりだす。

外と内の性感帯を同時に愛撫されて、息が乱れるほど強い快楽を得てしまう。

「あ、あ、だめ、そんなにしちゃ、だめ……」

金の髪を振り乱して、エルナはあえいだ。

「お、おかしくなる……」

腹の奥がひくひくと痙攣しだした。とても胎内に収めきれないほどに、快感が降り積もっていく。

「おかしくなればいい」

「い、嫌よ……そ、そんなことになったら……」

びくびくと身体を揺らしながら、涙目で訴える。自分の膝から手を放して、彼の手を引きはがそうとするが、ユリアンの指は陰芽に吸い付いたように離れない。

「達してしまえよ、エルナ。俺の指で気持ちよくなって、俺がいないと生きていられない身体になってくれ」

「何を言ってるの、ユリアン。も、もうやめて……」

涙声で限界を訴える。内腿が可憐に震えだす。

「あ、あ、もうだめ……」

悦楽の波が押し寄せて、エルナをあっさりと押し流す。下腹から頭頂に抜ける忘我の光に追い立てられて、背を反らした。

「あ、あ、あっ……！」

性感帯をたっぷりと愛されて得られた快楽は格別だった。

爪先を丸め、胸を突き出して、絶頂を味わう。

「ん……んんっ……んん……」

胎内がヒクヒクと痙攣し、愛液が内襞を熱く濡らす。寝台に沈むと、下肢がべっとりと濡れていることに気づく。

ユリアンは引き抜いた指を口内に含んでみせた。

「や、ユリアン、何をしてるの……」

「エルナの味を確かめようと思って。いやらしい味がするね」

「へ、変なことをしないで……！」

恥ずかしくていたたまれない。自分が出してしまったあられもない液体を舐めるなんて、信じられなかった。

「変なことじゃないよ。俺だけが味わえる蜜なんだから、味わうのは当然だろう？」

「そ、そんなの味わわなくていい……！」

さすがに恥ずかしすぎるから拒否を伝える。しかし、彼は聞いているのかいないのか、今度はエルナの脚をさらに大胆に広げて、無造作に蜜孔に指を入れてきた。

「う、うう……」

指を内部でぐにぐにと動かして、蜜襞をこすりたてる。

「中もいい感じにほぐれたから、そろそろ挿れてしまおうかな」

指を抜くと、エルナの蜜孔を開いて屹立の先端を押し当てる。

彼の雄の剣は、エルナの手では摑みきれないような太さで、とうてい挿入できるとは思えない。

（意識がない人に薬を飲ませるくらい難しいことじゃないかしら）

ちゅくりと含まされて、本気で焦る。

「ユリアン、む、無理じゃ……」

「ここまできたのに、またおあずけは嫌だな」

「ユリアン！」

「エルナはもっとお利口になればいい。俺が悪いことにして、自分は気持ちいいことだけ考えておけばいいんだ」

ユリアンがじわじわと腰を進めてくる。エルナは初めて犯される痛みに眉を寄せた。

「い、痛い……」

「エルナ、やっぱり初めてだったんだな。俺がエルナを初めて食べる男なのか。コンラートじゃなくて、俺が」

ユリアンの言葉が異様に熱を帯びていた。痛みにぼやける目で彼を見る。楽しそうに微笑んでいるユリアンに、なぜかゾッとしてしまう。

「ユリアン……？」

怯えるエルナの顔を覗いて、彼は口角を持ち上げた。

「コンラートは悪人だから、罰を受けたんだよ。それより、俺たちは楽しいことをしよう」

ユリアンがぬぐっと突いてくる。エルナは拒絶の声をあげた。

「やめて……お願い……もう……！」

「まだ半分だよ？」

ユリアンが困ったように顔を傾げた。

「で、でも、痛いのよ、本当に。ぬ、抜いて……」

恥ずかしさなど打ち捨てて必死に懇願する。生傷をいじられているようで、本気で痛かった。

「わかった。もっと気持ちよくするから」

彼が真顔で発した答えはエルナの希望と相反するもので、思わず涙ぐんでしまう。

「ユリアン、違う……！」

制止の声は突然のくちづけでふさがれてしまう。舌を立て続けに舐められて、眼裏がちかちかと瞬く。

それだけでなく、両手で乳房を揉みはじめた。ユリアンに揉まれるたびに弾力を増した乳房に手を這わされ、乳首を指先でこすりたてられる。

（だめ……だめ……）

声にならない叫びを脳内で繰り返す。口内をまさぐられ、双乳を揉みしだかれるうちに、下肢に怪しい感覚が走りはじめた。

痛みしかなかった結合に、うずくような刺激を覚えはじめる。身体のあちらこちらで感じる愉悦が渾然(こんぜん)一体となって、屹立をくわえた肉洞がうごめきはじめた。

「ん……んんぅっ……うぅ……ううん……」

悩ましげな感覚が下肢に生まれて、エルナは戸惑った。苦しいのか気持ちよいのか判別がつかない悦楽に翻弄される。

ユリアンがぐっぐっと挿入を深める。初めて男を受け入れる蜜洞は自然と彼に抵抗しようとするのに、ユリアンは無慈悲な突き込みでエルナを屈服させようとする。

くちづけをやめたユリアンがエルナの顔と下肢を見比べた。

「さっきよりも抵抗が弱くなってるみたいだよ」

「あ……だ、だって……」

「気持ちよくなってきてるんだろう？　よかった、エルナが悦んでくれて」

ユリアンがずんと突いてくるから、腰が重たくなる。胸の頂をくにくにとこね回しながら突き込まれると、蜜洞が甘く痺れはじめた。

眉を寄せながら耐えるのは、もはや痛みではなく、身体の芯からこみあげてくる快感だった。

「いや、やっ……」

「とびっきり気持ちよくしてあげるからね」

エルナの膝裏が天を向くほどに突きながら、指で陰芽をくすぐる。快楽を生む雌芯に暴力的な刺激を注がれて、一息に絶頂に至った。

「――！」

訳もわからぬうちに喜悦の波にさらわれて、エルナは背をそらして感興（かんきょう）の果てに至った。

「ひぁ……ああっ……！」

ユリアンの張りつめた肉棒が内に存在するという刺激に、より深い法悦を覚える。波打つ蜜襞が淫らにうごめいて、ユリアンの欲望にからみつく。

「エルナ、よかったんだな。俺をいやらしくしごいてくる」

「んん……ちがっ……」

「違わないよ。今からいっぱい突いて思い知らせてあげるから」

そう言うなり、彼は大胆に抜き差ししはじめる。エルナの抵抗をあざ笑うかのように深々と突き込んだかと思えば、蜜に濡れそぼった粘膜がめくれる勢いで引き抜く。

「や……あぁ……ああっ……あああっ……」

抽挿に合わせて、ずちゅりぬちゅりと青々しい薬草をつぶすときの音がする。無垢な肉襞を容赦なくこすりたてられて、背中を伝う快美な刺激に汗が噴き出した。

「ふぁっ……激しっ……そんなにしちゃ……ああっ……だめっ……」

ユリアンの長大な肉茎そのままの大きさに広がった蜜洞はそれだけで刺激を受けているというのに、容赦のない抜き差しを繰り返されれば、絶え間のない快感にさらされるしかない。

彼が男根を抜きかけるたびに肉襞は奥へ誘うようにうごめき、突き込みを受けると歓迎するかのようにさざめく。

制御できなくなった肉洞は、エルナの羞恥を裏切って大胆に彼を受け入れた。

「あっ……ああっ……そこ……こすっちゃ……！」

肉茎を押しつけるかのように腹裏をこすられて、甲高い声を放つ。弱いところを集中的にこすられて、蜜洞が歓喜に震える。

「エルナ、気持ちいいなら認めてしまえよ」

ユリアンがそう言ってエルナの乳首をちゅうっと吸いたてる。

「ひぁあ……！」

瞬間的に意識を飛ばしてしまうほどの快感がほとばしる。あっさり絶頂に追いやられてしまって、下腹が甘くさざめいた。

「……すごくいい反応だ。こんなになるなんて、やっぱり俺が欲しかったんだな」

ユリアンは軽い口調で言いながら、ずしりと腰が重くなるような突き込みをしてくる。ひくひくと痙攣する蜜洞は彼をしなやかに締め付けた。

「そ、そんな……」

まだ結婚もしていない相手に抱かれて快感をむさぼるなんて、とんでもないことだ。だから、抵抗しなければならないし、彼のもたらす快感など拒否しなければならない。

（でも、もう……）

雄の性を剝き出しにした凶暴な突き込みに、エルナは打ち負かされている。実際に身体は彼を受け入れて、貪欲に快楽をむさぼってしまうのだ。

「強情だなぁ」

ユリアンがため息をついて深々と奥を突く。最奥を鋭い先端でえぐられて、エルナは呼吸を止める。

（あ、なに、これ……）

蜜洞の一番奥を突かれると、けた違いの快感に襲われる。蜜洞が小刻みに震えて、頭の芯が白くなった。

「ああっ……だめ……気持ちいいっ……」

敷布を強く摑んで、こみあげてくる喜悦をこらえる。どこかに流されてしまいそうな、そんな恐ろしささえ感じる深い悦びだった。

「俺も気持ちいい……エルナのあそこが俺をいやらしくしごいて……たまらないな……」

ユリアンも感興を覚えているのか、絹のように艶やかなうめきを漏らす。彼の腹を伝う汗の粒がいくつもエルナの肢体に落ちて、彼もまたエルナの肉体から快感を得ているのだと証明している。

「あ……ああ……いい……気持ちいい……」

何度も抜き差しされて、最奥を無遠慮に突かれて、愛され尽くした身体の芯は熱く熟れる。

もはやどんな否定の言葉も意味をなくすほどにユリアンを受け入れきっていた。

こみあげてくる官能にまかせて、愛を伝える。

「ユリアン……好き……大好き……」

「俺もエルナを愛してる……だから、俺の全部を受け止めてくれ……」

「ユ……ユリアン……ああっ……」

ユリアンがエルナを強く抱きしめて、いよいよ突き込みの勢いは激しくなる。背中に回った腕の強さと、熱すぎる体温に逃げ場をなくし、エルナも彼の背に腕を回して脚をからめた。

「ああ……熱い……溶けちゃう……！」

ずりゅぬちゅとはばかりなく音を立ててユリアンが抜き差しする。ひくひくと痙攣していた蜜洞が甘く形をなくす幻影を見たあと、エルナは極みに追い立てられた。

「あぁ……ああーっ……」

腰を浮かし、足の爪先を丸めて忘我のひとときにたゆたう。快感にとろけきった膣奥に熱いしぶきが浴びせられた。

「……！」

しぶきを一滴でも残さぬようにきつく密着して吐精される。最奥がびくびくと震えるのは、悦びなのか恐れなのか。

ユリアンが熱くなっている腕をわずかに解いた。

「……エルナ、俺の子を産んでくれ」

あまりに真摯な言葉に、エルナは怖気づいて彼を見上げた。ユリアンの瞳は思いつめた人のものだった。

「ユリアン……」

「過去のことを持ち出して、未来を狭めるのはやめるんだ。エルナは皇妃になり、俺の子を産んで、幸せになる。邪魔するものは、すべて俺が取り除くよ」

揺るぎなく断言されて、少しだけ怖くなる。けれど、同時に安堵した。

（ユリアンはわたしの味方……）

彼だけがずっとエルナを支えてくれていた。修道院にいたときは、それだけで満足していた。

（でも、今は違う……）

彼は未来を与えてくれる存在だ。そして、自分を抱擁し、愛をささやいてくれるただひとりの男だ。

「……ユリアン、これからもわたしのそばにいてくれる？」

「もちろんだよ」

ユリアンがぱあっと顔を輝かせた。

「やっと言ってくれた……エルナはいつも遠慮ばかりで、いつ俺から去ってしまうかと怖かったんだ。俺は今、世界で一番幸せな男だよ」

ユリアンが甘えるようにエルナの額に己の額をこすりつけてくる。

「ずっと守る。だから、俺を信じてくれ」

ユリアンの懐はあたたかい。久しぶりに誰かに守られる感覚に、エルナは泣きたくなるほどの安心感を覚えた。

「……うん」

瞼を閉じて彼に抱きしめられると、父母の最後の光景がよみがえった。涙にくれるエルナは、刑場に送られる父母を見ていられなかった。

(お父様、お母様、わたしを責める?)

ユリアンと結ばれたエルナを非難するだろうか。それとも、エルナが呼ばれるであろう皇妃の称号を言祝いでくれるだろうか。エルナにはわからない。

現実に引き戻すようにユリアンがくちづけてくる。指をからめ、舌をからめていると、身体の芯が再び熱くなってくる。

「……エルナ、また気持ちよくなろうよ」

ユリアンがエルナの胸にしゃぶりつきながら、腰を使いだす。萎えていたはずの屹立は力を取り戻し、エルナをたちまち懊悩させはじめた。

「あ……あああっ……ユリアン……いい……」

魂まで捕まえてしまうような、力のこもった抽挿にうっとりとする。

(ユリアンはわたしを愛してくれる)

言葉を重ね、身体を重ねて伝えてくれる。

だから、疑いなく彼を受け入れていればいいはずなのに。

エルナの胸には、これから先へのかすかな不安が、決して離れぬ影のようにこびりついたままだった。

四章　愛の証明

数日後、エルナは作業部屋で縫い物の追い込み作業をしていた。

針を小さく動かして、下着を仕上げていく。少しでも丈夫なものをと折り返しながら縫う。

隣に座るノイマン子爵夫人が、すっきりとした顔をして話しかけてきた。

「エルナ嬢、あなたの薬を飲みだして、体調がずいぶんよくなってきたわ」

「よかったです」

エルナは針を持つ手を止めて、安堵と共に微笑みかける。ノイマン子爵夫人は年を重ねた女性特有の体調不良を訴えていたので、調子を整える薬湯を処方していたのだが、どうやら効果が出はじめたらしい。

「飲みはじめた当初は何も変化がなくて、正直、これって効果があるのかしらと思っていたのだけれど……最近になって、ようやく変化が起きはじめたわ」

「ノイマン子爵夫人の体調をお聞きしたら、あまり強い薬を処方するのはかえって危険だと判断しましたから、穏やかな薬効の薬湯にしたのですが……復調されたならよかったです」

エルナは頬に色艶の出だした夫人の顔を眺めつつ目を細めた。

自分の処方した薬に確かな効果があったことを褒められるのは、面映ゆくもうれしいことだ。

斜め前のテーブルに座るザビーネがノイマン子爵夫人をじっと見つめる。

「……子爵夫人は本当にお顔の色がよくなりましたね」

「まあ、皇妃様。皇妃様にもそう見えますか？」

「ええ、肌の艶も増して、よかったこと」

ザビーネは子爵夫人を褒めると、エルナに視線を投げかける。

「毒を盛るのではと疑っていたのだけれど、ちゃんと薬を処方したのね」

エルナは一瞬言葉を詰まらせたが、ザビーネは追い打ちをかけるどころか、小さくうなずいた。

「あなたがどんな治療をするのか心配していました。でも、子爵夫人が復調しているなら安心です」

「はい……」

緊張がわずかにほぐれ、エルナは肩の力を少しだけ抜く。

「皇妃様。エルナ嬢はわたくしの身体に合うように何度も薬を調合してくれたのですよ。薬草を加減して、飲みやすくもしてくれて……細やかに対応してくれたおかげで、今はだいぶ身体が軽いのですわ」

「子爵夫人のお役に立ててよかったです」

エルナは小さく微笑むと、布に針を通す。あまりに褒められて、なんだか照れくさくなってきた。

「エルナ嬢は縫い物もお上手で、もう三枚目の下着に取りかかっておりますのよ。わたくしなど、まだ一枚目だというのに」

ノイマン子爵夫人が謙遜すると、ザビーネが満足そうにうなずく。和やかな空気を破ったのは、リーゼだった。ふたつ隣のテーブルで、取り巻きらしき女官たちに囲まれて針を動かしていた彼女は、わざとらしい笑い声をあげてから冷たく言い放った。

「修道院で慣れただけでしょうに」

リーゼの嘲り（あざけり）に場が静まる。よどんでいく空気が耐えがたく、エルナはなんとか微笑んだ。

「リーゼ嬢のおっしゃるとおりですわ。わたし、針仕事にすっかり慣れているんです。修道院では、暇さえあれば縫い物をしていたものだから」

「まあ、縫い物くらいしかできませんわよね。あなたのお父様がしでかしたことを思えば」

リーゼの目がつり上がり、敵意を剝き出しにする。黄金の瞳がギラギラと輝いた。

（どうしよう……）

おそらく何を言っても攻撃されるに違いない。こんなときは、どうすれば穏やかにまとめることができるだろうか。

「先帝を殺した男の娘だというのに、死罪を受けなかっただけでなく、牢にも入れられずに修道院に送られたのが信じがたいことですわ。過剰な恩恵を施されたのは、フシュミスル公爵夫人が皇帝陛下のお気に入りだったせいかしら？」

「……母も亡くなりましたわ」

エルナは葛藤を呑み込んで答えた。母のおかげでエルナが救われたのならば、母だって死なずに済んだのではないか。

「フシュミスル公爵夫人は、皇帝陛下を誘惑したと聞きましたわ。かつての想い人の愛にすがって、あなたの命乞いをしたとか」

ひどい言いがかりに、エルナは絶句する。

（あんまりだわ……）

母を貶める発言は看過できない。

「……リーゼ嬢、母がそんなことをしたはずがありません。もしも、そんな行為に及んでいたならば、自分の命乞いをするはずだと思います」

エルナの反論に、リーゼは顔を赤くした。

「あなたの母親が牢に入れられたときに、皇帝は尋問に赴いたそうよ。そのとき、あなたの母親は皇帝を身体で誘惑したんですって！　皇帝に股を開いてあなたの命乞いをしたなんて……アマーリエ・フォン・フシュミスルはただの淫売だわ！」

頭を殴られたような衝撃を受けて、エルナは全身を震わせる。

（亡くなった人をこんなにまで侮辱するなんて……）

母の名誉を不当に貶める言動が赦せなかった。

「母は……」

「リーゼ、いい加減になさい！」

エルナが口を開きかけたとき、ザビーネが眉をつり上げて叱責した。

「皇妃様。わたくしは真実を申し上げているだけで――」

「何が真実ですか！　あなたは皇帝陛下の名誉を傷つけるつもりなの!?」

ザビーネが耳の先まで真っ赤にして怒りをぶつける。ひるむかと思いきや、リーゼは眦を鋭くした。

「皇妃様は、わたくしではなく、皇帝陛下とユリアンを叱責するべきですわ！　あのふたりときたら、フシュミスルの女たちの誘惑にたやすく負けて……。親子揃って悪女に籠絡される趣味でも持っているのかしら!?」

「な……！」

ザビーネは怒りのあまり立ち上がり――しかし、すぐに膝から力が抜けたように椅子に座り込んでしまう。

「皇妃様!?」

エルナは立ち上がると、彼女の前に移動して膝をついた。ザビーネは肘かけにもたれ、額を押さえて目を閉じている。

「皇妃様、大丈夫ですか？」

「……大丈夫よ」

「でも、お顔が真っ青です」

エルナは額を押さえていないほうの手を取った。指先が氷のように冷たい。

「大変、身体を温めましょう。わたしが薬湯を処方します」

「エルナ嬢、皇妃様を殺すつもりなの？」

せせら笑うリーゼを思わず睨んだ。

「リーゼ嬢、わたしは誰かを殺すために薬を処方したりはしません」

エルナが冷静に否定すると、彼女の頬がピクピクと引きつれた。

「……大罪人の娘のくせに……！」

ノイマン子爵夫人が耐えかねたというように立ち上がった。

「リーゼ嬢、ここはエルナ嬢におまかせしなさい」

「……ノイマン子爵夫人」

「あなたの出る幕ではないということよ」

ノイマン子爵夫人はピシャリと言う。リーゼが唇を噛んで、わなわなと震えている。

「エルナ嬢。皇妃様への薬を早く処方してさしあげて」

ノイマン子爵夫人から命じられ、エルナは大きくうなずく。

「はい。それでは失礼します」

エルナは立ち上がると、うつむいて足早に部屋を出る。首の後ろにリーゼの視線を痛いほど感じていた。


数日後の夜。

エルナはいつものようにユリアンに薬湯を届けていた。

ユリアンが寝台に座って薬湯を飲む姿を、膝頭がくっつく位置に座って眺める。彼の様子を観察しながらも、心はまったく違うことを考えてしまっていた。

(リーゼ嬢が言っていたことは本当かしら)

ここ数日、ずっと頭の中を引っかき続ける棘だった。

(お母様がわたしを助けるために、皇帝陛下を誘惑しただなんて……)

信じたくないと思っていた。母はそんな不埒な真似をする人ではない。己の肉体を使って、男を思い通りに動かす――そのような真似ができる人間ではないと。

(でも、わたしのためだという理由があるなら……)

信じている――そう思う端から疑いの芽が生えてくる。抜いても抜いても生えてくるそれに、エルナは心を掻きむしられていた。

「エルナ！」

強く名を呼ばれて、エルナは我に返った。ユリアンがエルナの顔を覗いている。

「どうしたんだ、エルナ。具合が悪いのか？」

「わ、悪くないわ」

エルナはあわてて部屋に持ち込んだ縫い物を再開した。〝貧者への施し〟はもう五日後。定例の時間だけでは足りないから、夜も縫い物をするようにしているのだ。

「最近、元気がないよ。何かあったのか？」

「何もないわ」

「俺といても、ぼんやりしているし」

「ユリアンといるときに、ぼんやりしてはいけないの？」

我ながら子どものような抗弁をしてしまう。

「いいや、俺のそばにいるときは、いくらでもぼんやりしていいけれど」

ユリアンはエルナの膝に置いていた縫い物を取り上げると、そばのテーブルに置く。それから、エルナの手を握ってきた。

「エルナはいつも大輪の薔薇のようなのに、今日は萎(しお)れてしまっているのが心配なんだよ」

「大輪の薔薇……わたし、そんなにすてきじゃないわ」

「エルナは俺にとって大輪の薔薇だよ。他の奴がどう思うかなんて関係ないんだ」

「ユリアン……」

胸が熱くなり、喉がツンと痛くなる。だめだという理性の制止を振り切って、涙がこぼれだした。

「エルナ……」

「ごめんなさい、泣いたりして」

ユリアンはエルナを引き寄せて、自分の傍らに座らせると、指先でエルナの涙を拭った。

「いくらでも泣いていい。他の男の前だったら許さないけど、俺の前だったら、どれほど涙を流してもいいんだ」

力強い励ましに、エルナは小さくうなずく。

「ありがとう、ユリアン」

「エルナ、何があったんだ」

問われて、エルナはとっさに口をつぐんだ。

(言いたくない……)

言葉にしたくもない糾弾だった。母の無念を思えば、口にすることさえ汚らわしい。それに。

(万が一、真実だったら……)

その事実の重みに耐えられる自信がなかった。

「エルナ?」

「大丈夫よ。なんでもないことだわ」

「ごまかさないでくれ。つらいことがあったなら、俺に打ち明けてくれ」

ユリアンがエルナの手を両手でくるむ。まるで勇気づけるかのような行為に、涙がこみあげる。

「ユリアン……」

彼はうなずいてくれる。すべてを受け止めると言いたげに。

「……ある人に言われたの。お母様が……」

「君の母上が？」

エルナは呼吸を整えると、小声でつぶやいた。

「お母様が皇帝陛下を誘惑して……身をまかせたのだと聞いたわ。わたしの命乞いのために」

打ち明けてしまうと、肩からすとんと力が抜け落ちる。膝が萎えたような気がしてしまうのは、身体が弛緩してしまったからか。

ユリアンが痛ましげに眉を寄せる。

「誰が？」

「……」

「もしかして、リーゼか？　彼女は噂好きだから」

言葉に詰まると、ユリアンが慰めるようにエルナの手をこする。

「エルナ、君の母上が皇帝陛下を――父上を誘惑なんてするはずがない。君の母上……アマーリエ様は美しくて控えめで、淑女の理想そのままの方だったんだから」

ユリアンの言葉に、ふさがれていた心の扉が開かれていくような心地だった。

「……そうよね。お母様がそんなことをするはずがないわよね」

「アマーリエ様が愛していたのは、フシュミスル公爵だけだったそうだよ」

ユリアンに断言されて、エルナは力を込めてうなずいた。

「ふたりはとても仲睦まじかったもの」

「そうだろうね。周囲の男たちが嫉妬の炎をかきたてられるくらいだったそうだから。それにしても、リーゼはとんでもないことを言ったもんだね」

ユリアンの微笑みには、妙な迫力があった。口元に浮かぶ薄い笑みは血が通ったものだとは思えなかった。

「その……彼女はきっと正義感が強くて、わたしのような大逆人の娘が宮殿を闊歩しているのが許せないのよ」

思わずリーゼを擁護してしまったのは、ユリアンの笑みにぞっとするような酷薄さを感じてしまったからだ。

「リーゼはバッスル家の娘だということを鼻にかけている。国境の安全を担っていることと、広大な領地と莫大な富が彼女の無礼の背景だよ」

ユリアンは薄ら笑いを浮かべている。

「いかんともしがたい愚かさだ……エルナもそう思うだろう？」

「ど、どうかしら……」

この機に乗じてリーゼを非難することもできず、エルナは口を閉ざす。

（……なんだか怖いわ……）

リーゼにはひどいことを言われたが、ユリアンが彼女を傷つけることを望んでいるわけではない。

ユリアンがエルナの肩を抱き寄せてくる。

彼の肩に頭をもたれていると、ぬくもりに安堵した。

「エルナ……俺は君をもう誰かに傷つけさせたくない」

しみじみと告げられて胸に染み入る。

「ありがとう、ユリアン。その思いだけで十分だわ」

「……エルナはやさしいな」

感慨深く告げられて、面映ゆかった。

「どちらかというと、厳しいんじゃないかしら。苦い薬を飲ませるし」

「確かにそうだった。特に俺に対しては厳しい」

ユリアンが笑いながらエルナの肩をさらに強く抱く。

「でも、俺はそういうところも好きなんだ。ときどき俺を叱ってくれるところも」

「おかしな趣味ね」

エルナは苦笑してしまう。けれど、同時に自分をまるごと認めてくれるユリアンに愛しさを覚える。

「……わたしも、ユリアンが好きよ。ユリアンといると、自分に自信が持てるの」

想いを自然と告げると、彼がエルナを抱きすくめた。

「エルナ……」

頬にくちづけをされる。抱擁する腕がひどく熱くて、警戒心を覚える。

「きょ、今日はだめよ、ユリアン。わたしは縫い物をしなくちゃいけないの」

ユリアンとは定期的に身体の関係が続いている。密に淫らに愛しあうたびに肌がなじみ、裸体で抱きあうことに幸福を覚えるようになっている。しかし。

「縫い物？」

「あと数日で〝貧者への施し〟でしょう？　まだ供出(きょうしゅつ)のための服を縫っているの」

「エルナが？」

「遅れているのよ、予定が」

ご夫人方にとって、施しの縫い物は暇つぶし程度なのか、枚数がいまいち揃わないのだ。

「そこまでがんばらなくてもいいんじゃないか？」

「でも、せっかくならもう少し増やしたいし……」

もらいに来て何もなかったら、がっかりするだろう。

（がっかりする程度だったらいいけれど……）

足りないからと暴動でも起きたら一大事だ。

「一番針仕事が得意なのはわたしだから、もう少しがんばりたいの」

エルナが考えを告げると、ユリアンは感心したような顔になった。

「……エルナは偉いな」

「偉くないわ。決まった時間内になかなか終わらせられないものだから……」

「偉いよ。エルナは」

ユリアンはエルナの唇にそっと唇を重ねてくる。

触れるだけのくちづけのやさしさに、胸があたたかくなった。

「エルナの言葉を聞いただけでうれしくなる。エルナならば、きっと皇妃の重責を担えるようになるよ。俺は正しい選択をしたな」

ユリアンの満足そうな笑みが面映ゆい。

「ユリアンったら、大げさよ。わたしは部屋に戻るわ。縫い物の続きをしなくちゃいけないから」

「ああ、がんばって」

ユリアンの励ましに微笑みを返して、エルナはトレイに空のカップと縫い物をのせて部屋を出る。

足取りも軽く厨房へと赴くエルナを見つめる影には、ついぞ気づかなかった。


〝貧者への施し〟の日。

宮殿は早朝から準備に大あわてだった。服や下着を大きさ別に収めた箱を下働きの男たちが蟻のように列をなして外に運びだす。立ち会いの役を担う貴族のご夫人方は、修道女のようなローブを着ると、続々と外に集う。

エルナもマリーと共にその集団の中にいた。

「大層な騒動ですねぇ」

マリーはご夫人方を見回しながら言う。

「そうね。聖マグダラ修道院と全然違うわね」

ご夫人方はのんびりとおしゃべりに興じている。

「わたくし、施しには初めて参加しますのよ。どんな感じかしら。みな奪い合うように持って帰るの？」

「列に並ぶのですって。お行儀が悪いところを見学できるのかと楽しみにしていたのですけれど」

「あら。卑しい者たちが獣のように施しの品を奪い合うという場面を期待しているのに」

「わたくしも。どうせなら、大騒ぎになってほしいわ」

彼女らのおしゃべりを聞いていると、施しを娯楽のひとつとして考えているようにしか思えない。

「……きちんと働いてくださるんでしょうかね」

マリーがあきれたような顔をしてエルナにささやきかける。

「戦力として当てにはできないと思うわ」

「ですよねぇ」

エルナの返事にうなずくマリーは、エルナの肩を叩き、指をさして視線を誘導する。

（リーゼ嬢だわ……）

リーゼは護衛の兵を引き連れて、胸を張って歩いている。今回の活動の責任者は彼女であり、配布の品々の確認と作業の手配、護衛の配置などあらゆることを彼女が計画した。

「それにしても、派手な格好ですね」

マリーが声をひそめてエルナの耳元でささやいた。

「本当ね」

小花が咲いたドレスを着た彼女は春の女神のようだ。

美しく襞が寄せられ、裾が広がったドレス。髪には銀地にアメシストを並べた髪飾りをつけ、首にも銀地にダイヤモンドを散らした首飾りをつけている。

「施しのときに着る服じゃありませんよね」

マリーが眉をひそめて言う。

「……そうね」

エルナも素直に同意した。恵まれない人々の前に立つというのに、豪華な衣装を着ているのだ。彼らを挑発するのではないかと心配になる。

リーゼはご夫人方の集団の前に立つと、みなを見回した。

「いいですか、みなさま、いよいよ今日が〝貧者への施し〟の日ですわ。みなさまのやさしさを心弱き者たちに施す日。神はわたくしたちの奉仕をお喜びになるはずです」

リーゼがとうとうと語る。周囲のご夫人方はしらけた顔をして聞いていた。

「貧しき者たちが喜ぶ姿を見れば、わたくしたちも大いに満足できるはずです。みなさま、ぜひ最後までお手伝いをお願いしますわ」

リーゼが話し終わると、前のほうから移動がはじまるのが見えた。まずは配布の品を運びだすのだろう。

二頭の馬に牽(ひ)かれた馬車が何台も並べられる。ご夫人方は用意された馬車に乗って、配布場所に向かうのだ。

「エルナ嬢、こちらに」

女官に連れられて案内された馬車に乗りかけると、すでにザビーネが乗車していた。彼女は凛としたまなざしをエルナに向ける。

「皇妃様も行かれるのですか？」

「当たり前です。この施しは皇帝の名によって行われるものですが、実質はわたくしが責任者ですから」

言い切るザビーネは、今回の施しに形だけではなく実質的に関わろうとしているのだろう。

エルナが彼女の対面に腰を下ろすと、ザビーネは厳しい表情で言う。

「あなたにも働いてもらいますからね」

エルナは大きくうなずく。修道院で常に経験しているから、まったく気にならなかった。

「もちろんです、皇妃様」

「皇帝の名で行われるのですから、少しの瑕疵があってもいけません」

「励みます」

堅苦しい会話を交わしているうちに、馬車は動きだしていた。

〝貧者への施し〟はトゥール最大の教会である聖オクタヴィア教会で行われる。

白い石材で建てられた聖オクタヴィア教会は、尖塔がいくつも天を指し、厳めしい聖人の像と穏やかな聖女像が出迎えてくれる美しくも荘厳な教会だ。夕陽を受けて薔薇色に染まる姿には格別の趣がある。

教会と階で隔てられている広場は、配布を待つ人々で熱気が満ちているほどだ。

荷は教会前の天幕の下に置かれていた。広場をふさぐように胸までの高さの台が連なっている。台の前面は板で覆われていて、貧しき人々と富める人々との間の境界線のようにも見えた。

台の上に衣服を種類や大きさ別に並べると、在庫の入った箱を台の下に置く。エルナたちは台の後ろに立って配布を手伝うように言われた。台の前には槍を持った兵が等間隔に並んでおり、物々しい空気をかもしだしている。

(聖マグダラ修道院では、もっと牧歌的な空気だったのに)

顔見知りの民に奉仕品を渡すだけだから、いたって平和でのどかな雰囲気だった。ところがここでは、たむろしている民も兵も、どこか殺伐として恐ろしい。

「大きさを選んでもらい、適宜持って帰ってもらいます。あまりにのんびりと選んでいる者がいたら、兵が追い払ってくれますわ」

台の背後に立つ貴族のご夫人方に、リーゼが説明して回る。

「追い払うのですか?」

近くにいるふくよかな夫人にたずねると、彼女は顔をしかめて答えた。

「そうですわ。長々いてもらっても困りますでしょう? 列が滞ってしまいますし」

「……わかりました」

とうなずくものの、気が引けてしまう。

(追い払うだなんて、できればそんなことはしたくないわ……)

と思ったものの、実際に施しがはじまると、そんなことを考える余裕すらなくなった。

トゥールの市長が皇帝の慈悲に感謝するようにと挨拶を述べると、人々が箱の前に集ってきた。継ぎを当てた服を着ている男に、すねが出るほど短くなった脚衣を履いている子どもなど、当然ながら一目で貧しいとわかる人々が服や下着に手を伸ばす。

「ひとり種類別に一枚ずつだ! あわてるな、豊富にある!」

「お、押さないで、みなさん。服はまだあるから……!」

エルナは箱の中の服を台に出しながら声を張り上げる。服も下着もどんどん持ち去られていくが、箱から服を出す作業が追いつかない。

「おい、もうないのかよ！」

ちょうど空になった箱が出たのか、台の前で立つ護衛の兵と押し問答になっている。

「他を持って行け！」

「少なすぎるだろう！　朝から待ってたんだぞ！」

怒声をあげる男と兵の問答はまだ続いている。

「俺はシャツが必要だったんだよ！　もう在庫がないのかよ!?」

食ってかかる男を、兵は持っていた槍の柄で殴りつける。倒れた男は頭を押さえているが、指の隙間からは血が流れていた。

「きゃあ……！」

夫人たちが悲鳴をあげて逃げまどう。エルナは束の間迷った。

（殴られた人は大丈夫なのかしら……）

殴打された男はうめき声をあげている。血の量も多そうで、手当が必要だとしか思えない。

台を乗り越えることができないから、回り込もうとしたが、早足で移動している途中でザビーネから声がかけられた。彼女は教会の前から作業の進捗（しんちょく）を確認していたのだ。

「あなた、どこに行こうとしているの？」

「怪我をしている人がいて……」

「あの人たちの怪我などほうっておきなさい！　あなたが危険な目に遭う必要はありません」

「で、でも……」

そのときだった。わぁっと戦場の鬨のような声が響いた。台が激しく揺れ動く。

「配布しろ！」

「早くよこせ！」

脅しに近い要求の声は鬼気迫っている。

「おまえら、やめんか！」

「そんなことをして、許されると思っているのか!?」

そこかしこで兵の制止の声が轟く。足がすくみかけたが、ザビーネと彼女についている女官に言う。

「どこか安全なところに避難してください。このままでは、どうなるか——」

言いかけたところで、揺れていた台が崩れた。暴徒と化した一部が乗り越えてくる。彼らは一斉に箱にむらがって、配布物を奪い合う。ご夫人方は教会へ逃げようと、あわてて階を上る。

エルナたちのもとへも暴徒が殺到した。エルナはザビーネを背にかばうと、腕を広げて、教会へ急ぐように誘導する。

「皇妃様、お早くお逃げください！」

「でも、彼らを止めないと――」

「もう止まりません！」

　暴徒たちは兵と揉みあいになり、彼らから槍を奪って殴りつけ、振り回して追い払うなど、やりたい放題の狼藉をはじめる。

「全部、持ち去れ！」

　配布物を奪うだけでなく、兵の装備を引きはがす様は、金目のものならなんでも手にしようという欲にまみれたものだった。

「皇妃様、お早く！」

　背後から人の気配が消え、階を上る足音が聞こえる。背後を振り返ろうとした瞬間、腕を力任せに引かれた。何がなんだかわからぬうちに、屈強な男の肩にうつ伏せに抱え上げられる。

「エルナ嬢！」

　ザビーネの叫びを聞いたエルナは顔を上げる。そのときふと、階の上にいたリーゼの姿が目に入った。

　豪奢な装身具を光らせて立つ彼女は、女帝のように堂々と騒動を見下ろしている。

　彼女はあっという間に人波に隠れた。エルナを肩に抱えた男が教会とは逆に進みだしたからだ。

「おろしなさい！」

恐怖にかられて、エルナは彼の背をめちゃくちゃに叩いた。どこに連れて行かれるのか、何をされるのかわからない恐怖がせりあがってくる。

男は無言で足早に歩くと、広場の端でエルナを下ろした。

「何をするの――」

座ったまま抗議をしようとしたが、頬を力いっぱい張られて、地面に倒れた。口の中に血の味が広がる。

金属がこすれあう音がしたあと、男は首筋に剣を押し当ててきた。

「死ね」

簡潔な宣告に、恐怖を感じる間もなく反射的に目を閉じると、男の悲鳴が聞こえた。

薄目を開いて見ると、ユリアンが男の腹に深々と剣を刺しながら、呪いの言葉を吐いている。

「きさまこそ死ね」

男はどさりと重い砂袋が落ちる音をさせて倒れた。あふれた血が水たまりのように広がっていく。

「エルナ！」

ユリアンが倒れていたエルナをそっと抱き起こした。彼の胴衣には、返り血が飛び散っている。

「大丈夫か、エルナ。痛かっただろう！」

懐に抱かれて、エルナは肩から力が抜ける。

助かったのだという安堵が胸に広がった。

「……ユリアン」

「騒動を聞いて、心配で駆け付けたんだ。間に合ってよかった」

ユリアンの秀麗な顔にも血が散っている。恐ろしくも美しいその様に、エルナは目を奪われてしまう。

「よかった、エルナ。本当に無事でよかった」

強く抱きしめられて、息が止まりそうになる。

ユリアンの懐のぬくもり、腕の力強さに、守られているという安心感を覚える。

「エルナ……」

頬を寄せて愛しげにつぶやくユリアンの声を聞きながら、エルナは瞼を閉じた。


翌日。エルナは一日静養してから、ザビーネの部屋に向かった。

(皇妃様は大丈夫かしら)

ザビーネは昨日の騒ぎのあと、倒れたのだという。

エルナは軽傷だったが、一日静養するようにとユリアンから厳命されたために、ザビーネの症状を知ったのは今朝だったのだ。

（きっと、施しが失敗してショックを受けられたのだわ）

皇帝の名で行われた〝貧者への施し〟は、貧民が暴徒と化したせいで失敗に終わった。彼らを満足させることができず、皇帝の名を貶めることになったのだから、総責任者を務めていたザビーネが体調を崩すのは当然だろう。

エルナは厨房で薬湯を処方すると、トレイに湯気のたつカップをのせて彼女の部屋に赴く。

寝室に通されると、香の焚かれた部屋では、ザビーネが目を閉じて横になっていた。寝台の脇のテーブルにトレイを置くと、そっと声をかけた。

「皇妃様……」

ザビーネがゆるゆると瞼を開いた。眩しげにエルナを見てから、かすかに首を縦に振る。

「……怪我をしたと聞いたけれど、大丈夫なの？」

いたわりに満ちた声に、エルナはしみじみと感動した。

「心配をしていただき、恐縮です。怪我といっても、頬が腫れた程度ですから」

頬は冷やしてお手製の膏薬を塗った。しばらくすると腫れはひいてしまったから、実のところ昨日静養する必要もほとんどなかったほどなのだ。

「ならば、よかったわ」

「皇妃様こそ大丈夫ですか？　気持ちを落ち着かせる薬湯をお持ちしました」

エルナは起きようとする彼女を手伝い、背中にクッションを置いてもたれられるようにしてから、薬湯を差し出した。

「……ありがとう」

ザビーネはカップを手にして薬湯を口にすると、眉を軽くあげた。

「飲みやすいのね」

「よかったです」

香りの高い香草や自然な甘みが出る薬草を処方したから、ずいぶん風味はよくなっているると思う。

女官が椅子を運んでくれたので、腰を落ち着ける。

ザビーネがその様子を眺めながら、ため息をついた。

「元々、めまいがしていたのよ。それがひどくなって、寝ついてしまったというだけ」

「そうですか。昨日のことは……あまり気になさる必要はないと思います」

配布の品が不足したことに憤った民を兵が殴った――それが暴徒と化した原因だ。ザビーネには対応しようもなかったことだろう。

「わたくしが責任者なのですから、逃げたりはしません」

「ですが……」

「エルナ嬢。昨日の事件は、わたくしの指示が行き届かなかったせいです。言い訳をして逃れることはできないわ」

それから口をつぐんだ皇妃は、顔を伏せた。

横顔がひどく疲れ切っているようで、思わず励ましの声が口をついて出る。

「皇妃様。どうか、気に病まぬようにしてくださ い。あのときは、尋常ではなく混乱していたのですから」

エルナの励ましに、彼女は微笑んだ。

「……ありがとう」

「エルナ嬢の言うとおりですわ。皇妃様が責任を感じる必要はございません」

会話に割り込んできたのは、ノイマン子爵夫人だった。女官に案内された彼女は、腰を軽く落として優雅な礼をする。

「お許しもなく入室をしてしまい、まことに失礼いたしました」

「いいのよ、ノイマン子爵夫人。どうぞ座って」

女官が運んできた椅子に座る。エルナの横に座った彼女は、眦をつり上げた。

「昨日の一件は、リーゼ嬢の責任です。皇妃様の責任ではございませんわ」

「ノイマン子爵夫人。確かに、昨日の件はあの娘に取り仕切らせましたけれど、だからといって、責任逃れはできないわ」

「皇妃様。昨日の護衛兵は……バッスル家が手配したものたちでしょう?」

「ええ、そうね……」

渋々答えたザビーネに、ノイマン子爵夫人は身を乗り出した。

「護衛兵の対応が混乱を招いたのです。リーゼ嬢がきちんと打ち合わせをしていたならば、あんな事件は起きなかったはず」

「そうはいっても、あの護衛兵の失態かもしれないでしょう。あれだけでリーゼを責めるわけには――」

「皇妃様はおやさしすぎます。リーゼ嬢の教育不足ですわ」

ノイマン子爵夫人は、エルナに顔を向ける。

「エルナ嬢は、どう思うの？」

「わたしですか？」

ノイマン子爵夫人の言葉を聞いて、エルナは考え込む。

(……リーゼ嬢の責任なのかしら)

教会を背に立っていたリーゼの姿を思い描く。

美しいドレスを着て、宝石で飾った彼女の姿は、女帝のように自信満々だった。もしも、エルナが責任者であれば、あんなふうにはいられない。

(あんなふうにはいられない……？)

それこそが突破口のように思われて、エルナは懸命に考える。

(……リーゼ嬢は……宝石を身につけていた。あの場にふさわしくないような格好だった)

もしも、自分が暴徒ならば、まずは彼女を襲って宝石を手に入れようとするのではないか。

それなのに、暴徒は彼女を襲わなかった。リーゼではなく、皇妃とエルナに向かってきた。

(なぜ、リーゼ嬢は襲われなかったのだろう……)

それが不思議でならない。

(でも、リーゼ嬢はいつもあんな姿だわ)

どこに行くにも、名門貴族の令嬢らしく華やかな格好をしている。バッスル家という看板を常に背負っているように。

(考えすぎかしら……)

沈思していると、ノイマン子爵夫人が膝に手を置いてきた。

「エルナ嬢、何か気がかりなことでもありまして?」

たずねられて、エルナは口を開きかけた。

「あの……」

だが、すぐに口を鎖(とざ)す。

(疑いを真実のように語るわけにはいかないわ)

自分も、かつてそうされた。

(わたしの調薬の技を、お父様が皇帝陛下を暗殺するために使ったのだと)

そのせいで、エルナは修道院に入れられたのだ。

(同じことをしたくない……)

そもそも、まったく証拠がないのだ。

「……いえ、なんでもありません」

エルナの返答に、ノイマン子爵夫人は露骨に不満げな顔をする。

かしゃんと音を立てて、ザビーネがカップを膝の上の受け皿に置いた。

「ノイマン子爵夫人。リーゼには粗忽な面がありました。けれども、それは、わたくしも同じこと。わたくしもリーゼにきちんと注意をしておけばよかったのです。一切のしくじりが起きないように」

「……わかりましたわ」

ノイマン子爵夫人は不服そうにするが、それ以上は追及しなかった。エルナは内心で安堵しつつザビーネからカップを受け取る。彼女と手が触れた際、ひどく冷たいのが気になった。

「皇妃様。やはり体調がだいぶお悪いのではありませんか？」

エルナの質問に、ザビーネはため息と共に答える。

「ええ。頻繁にめまいがするのよ。身体が熱くなるときもあって……」

「まあ、わたくしと同じですわ。エルナ嬢にお薬を処方していただいたら？」

「そうはいっても、侍医もいるし……」

ためらうザビーネに、ノイマン子爵夫人は畳みかける。

「侍医たちなど、血を抜いて終わりにするような者たちばかり。それに、女性に触れてはならぬとかで、ろくにわたくしたちの診察をしないじゃありませんか。エルナ嬢は同じ女性ですし、身体に合った薬湯を処方してくれますわ」

ノイマン子爵夫人の推薦に、エルナは心強くなる。

「皇妃様。もしも、よろしければ、お薬を処方いたします。薬湯が飲みにくい場合は、丸薬を用意することもできますし……」

エルナの意見を聞いていた彼女は眉間を押さえたあと、うなずいた。

「……わかりました。エルナ嬢にお願いするわ」

「ありがとうございます。精一杯、努めます」

「あなたがお礼を言うのは、おかしな話ね」

ザビーネが目を細める。

「わたくしが礼を言わなければ」

「いえ……」

ザビーネの言葉に、密かに感激してしまう。

（お母様、お父様。ここまで来ました……）

いずれはフシュミスル家の名誉を取り戻せるのではないか。

そんな希望の芽さえ生まれるのだった。


それから数日間、エルナはザビーネに薬湯を運び続けた。

薬に使う薬草の処方を変えながら、最適な薬湯を選ぼうとした。

（それにしても……聖マグダラ修道院に置いてきた薬草があればいいのに）

聖マグダラ修道院に置いてきた薬草は、異国産の効能の強いものが多い。もしかしたら、中にはザビーネに最適なものがあるかもしれない。

そんなことを思いながら廊下を小走りで進んでいると、廊下の角から勢いよく曲がってきた人物にぶつかられた。

「きゃっ！」

弾みで薬湯を自分がかぶってしまう。ドレスが薬湯で濡れ、廊下の絨毯にカップが転がる。

「あら、エルナ嬢ったら、ご注意なさって」

エルナにぶつかってきたのは、リーゼだった。彼女はレースで飾ったドレスと宝石をちりばめた装身具を満身に飾って、傲然とエルナを見下ろした。

「お薬の臭いをプンプンさせて……。本当にお似合いだこと」

エルナが眉をひそめて彼女を見上げると、彼女は馬鹿にしたように鼻を鳴らす。

「あら、何か文句でも？」

「……いいえ、何も」

「皇妃様のご機嫌をとるのに必死ね。そんなにお気に入りになりたいの？」

投げかけられたリーゼの皮肉に、エルナは眉を跳ね上げる。

「わたしはご機嫌などとってないわ」

「とっているじゃないの。森の中の魔女のように、せっせと薬を仕込んで皇妃様に飲ませている。あら、薬じゃなくて、毒かしら」

「……毒なんて盛りません」

「信じがたいわ、あなたは先帝を暗殺した男の娘ですもの」

彼女はころころと笑ったあと、突然に真顔になった。

「……皇妃様を後ろ盾にして、皇帝陛下に取り入るつもり？　あなたのように卑しい娘が皇妃になることを貴族たちが認めると思うの？」

リーゼの嫌みは短刀のような鋭さでエルナの胸を刺す。

「……わたしは……」

「皇太子殿下の迷惑になりたくなければ、とっとと修道院に帰ることだわ」

吐き捨てられた悪意が胸に痛い。だが、彼女の言うことは、もっともだとも思われた。

（そうよ、わたしがユリアンのそばにいたら、彼を不利にするだけ）

弱気になりそうになる。

だが、同時に彼が自分のために心を尽くしてくれていることを否定したくはないとも思った。

「……リーゼ嬢。わたしは、決して毒を盛りません。皇妃様には薬湯だけを飲んでいただいています。これからも、皇妃様が望む限り、薬湯を処方するわ」

正面から睨み合うと、彼女は忌々しげに頬を引きつらせた。

「……卑しい娘と争うことはしないわ。わたくしは、バッスル家の娘。わたくしには、国防を左右するほどの力を持つお父様がいるのだもの」

頭を傲然とそらすと、リーゼはエルナのそばに落ちたカップを蹴り飛ばして去って行く。

彼女の背を見送ったあと、疲労を感じてエルナは動けなかった。

（……リーゼ嬢と同じことを考える人がいたら……）

やはりユリアンとの結婚は否定されるのではないか。

（……どうしたらいいの）

堂々巡りをしそうだったが、自分のドレスを見てハッとした。

（……できることをやる）

エルナにできるのは、ザビーネのために薬を処方し、彼女の回復に寄与することだ。

そのことだけを考えようと決意する。

（まずはドレスを着替え、それから薬を新たにつくり直す）

エルナは立ち上がると、窓際に向かう。リーゼが蹴り飛ばしたカップは、幸いにして割れていなかった。

だが、転がったカップを拾ってから、ふと窓の外を見ると、信じがたい光景が目に入った。

眼下に広がっているのは庭園だ。そこにはユリアンがいた。彼に抱き着いているのは

――。

「……リーゼ嬢……」

彼女はユリアンの腰に腕を回して、抱きしめている。

対するユリアンは彼女の背に腕を回して、何事かを語りかけているようだ。

彼がこちらを見上げるそぶりをしたから、エルナはあわてて数歩退く。

（今のはいったい……）

ユリアンはリーゼを妻にするつもりはないと言っていた。それなのに、リーゼはまるで恋人のようにユリアンに抱き着いていて、ユリアンも応じている。

ふたりが抱きあう姿は恋人たちの抱擁のように脳裏に焼き付いてしまった。

エルナは身体を震わせると、カップを眺めた。

（よけいなことは考えない……）

自分が今するべきことをする。

エルナは落ちていたトレイを拾うと、逃げるように駆けだした。

数日後もエルナはザビーネの薬湯づくりに専念していた。ユリアンへの投薬は、マリーにまかせてしまう。

夜、厨房でエルナは薬を調合すると、カップに注いだ。

「……姫様」

もの言いたげなマリーの視線を無視して、薬湯をのせたトレイを渡す。

「お願いね、マリー」

「あたしが行くと、恨み言の連発なんですよ」

マリーのため息に、エルナは眉を寄せた。

「……悪いのは、ユリアンだわ」

「何をしたんですか、皇太子殿下は？」

そう言われると、言葉に詰まる。

ユリアンとザビーネが抱きあい、エルナはそれを目撃してしまった。

当日はショックだったが、時間が経つと腹立たしくなった。

ユリアンはエルナへの愛を訴えながら、リーゼを抱きしめていた。むろん、何か理由があるのかもしれないが、知りたくもない。

（……不実な行為だわ）

「恋人同士の他愛のない喧嘩だと考えてもよろしいんですよね？」

「……喧嘩なんかしていないわ」

「いっそのこと喧嘩をしていただいたほうがいいんですけどね。不満や不安は口にしたほうがいいんですよ？」

マリーの発言に、エルナは口を鎖す。

エルナの態度から何かを察したのか、マリーはため息をついた。

「では、参ります」

「……よろしくね」

エルナは彼女の背を見送ると、ザビーネのための調薬の記録を眺める。

飲みやすさを重視して、香りのよいハーブや甘みのある甘草を処方してきたが、もう少し薬効を高めたいという希望があった。

（やはり、聖マグダラ修道院に足を運ぶべきではないかしら）

東洋の薬効の大きい薬草を合わせてみたかった。

（あまりにのんびりとしていたら、やはり毒を盛っているのだと騒がれるかもしれない）

リーゼの発言を思い起こすと、腹が立つ。

（魔女のようだとか……言いたい放題だわ）

魔女は毒を処方すると言われ、市井では蛇蝎（だかつ）のごとく恐れられていた。それも今や昔と言いたいところだが、疑いや恐怖がどれほど人を傷つけるか、身を以（もっ）て知っている。

「しばらくしたら、外出の許可をもらおう」

そうして、聖マグダラ修道院に赴き、薬を分けてもらうのだ。

帳面を閉じると、エルナは厨房の後片付けをして外に出る。自室に戻ろうと歩いていたときだった。

角を曲がろうとすると、皇帝がリーヌスと歩いている姿を見かける。

とっさに壁に貼りついてしまう。

「ユリアンの決意は固いのか?」

「はい」

「……そうか」

皇帝は深くため息をついた。

「親子揃って業が深いものだな」

足音が近くなるにつれ、エルナはあわてふためく。

(どうしよう……)

ここにいるのは盗み聞きするためだと思われたくない。

来た道を戻ろうと身を翻しかけたとき、腰に腕が回された。間髪を容れず口も手でふさがれて、悲鳴を呑み込む羽目になる。

近くの小部屋に無理やり引きずられてしまい、恐怖で頭が白くなる。耳元にささやかれたのは、なじんだ声だった。

「エルナ、俺だよ」

口を覆っていた手をはずされて振り向くと、天井近くの空気とりの窓から斜めに入る月の光がユリアンの姿を映しだしていた。

「ユリアン……!」

怒気を孕んだエルナの声にも、彼は飄々としていた。

「エルナ、そんなに怒らないでくれよ」

「……あなた、何度わたしを驚かせ――」

続きは口にできなかった。ユリアンがすかさずくちづけをして、エルナの声を封じる。

「ん……んんぅっ……」

激しく舌をからめられて、言葉が出なくなってしまう。

角度を変えて何度も繰り返されるくちづけは、エルナの身体からたちまちのうちに力を削ぎ落としていく。

舌を何度も舐められて、官能の火が灯る。交合の悦びを知っている腹部が甘くうずきだした。

（いや、いやっ……）

くちづけでごまかされてはならないと思うのに、身体の内が発熱しだす。

ユリアンはエルナの背に腕を回し、きつく抱擁しながら唇を求める。

エルナは彼の胸をめちゃくちゃに叩く。せめて、自分が怒っていることを知らしめたかった。

ようやくくちづけをやめたユリアンがエルナの瞳を覗いてくる。

「エルナ、怒っているのか？」

「怒っているわよ！」

エルナは涙目で彼を睨む。抱擁とくちづけで何かをごまかそうとするなら赦さない――そんな本音を目に宿した。

「……どうしてそんなに怒っているんだよ」

ユリアンが眉尻を下げてつぶやく。まったく悪びれない様子に、エルナは耳まで熱くなるのを感じた。

「な、なぜって……」

リーゼと抱きあっているところを見たからだ、と打ち明けるのは、恥ずかしかった。盗み見を白状するようでいたたまれないし、自分は嫉妬に身をよじれるような立場ではないという思いがあった。だから、ごまかしを口にする。

「あ、あなたが薬を飲まないから」

「俺はマリーが運んでくれる薬をきちんと飲んでいるよ」

「じゃあ、わたしに変なことをするから!」

「変なことって、こういうこと?」

胸を摑まれて揺すられる。布越しに乳首をこすられると、危うくあえぎ声が出そうになった。

「や、やめて……」

「エルナが本当のことを言わないから、身体に聞くしかなくなるんだよ?」

ユリアンは胸を巧みに揉みしだきながらささやく。下からすくうように揉まれ、頂を押し回される。たたらを踏んだ身体をユリアンは腰に回した右手で支えると、左手はエルナの右乳房を揉み続けた。

「エルナ、どうして俺を避けるんだ？」

耳にくちづけするようにささやかれて、エルナはたまらずに悲鳴をあげた。

「ユ、ユリアンが悪いのよ。リーゼ嬢と抱きあったりするから……！」

エルナの叫びに、ユリアンは手を止めた。不思議そうに目を丸くしてエルナを見つめる。

「リーゼと抱きあった？」

「そうよ。庭で抱きあっていたでしょう!?」

言葉にするとみじめでならなかった。

(こんなことをなじる羽目になるなんて……)

自分がひどくみっともないことを言っている自覚があるから、彼の顔をまともに見ていられない。

顔をそむけるエルナの耳に低い笑い声が響いた。

まじめに怒っているのに、それを馬鹿にされているようで、眉を寄せて彼を睨んだ。

「なぜ笑うの？」

「うれしくて」

「うれしい!?」

「エルナが嫉妬してくれているんだと思うと、うれしいんだよ」

ユリアンはほがらかに笑った。一切悪びれない様子に、エルナは啞然とする。

「なぜ喜ぶの？」

エルナの疑問に、ユリアンは目を笑みの形にして答える。

「だって、俺ばっかりがエルナを好きなんだと思っていたから。エルナも俺がちゃんと好きなんだと知って、安心したんだよ」

ユリアンの答えは想像しなかったもので、エルナは面食らう。

「……そんな理由で？」

「そんな理由だよ」

ユリアンは、にこやかに微笑む。悪気のなさそうな顔に、気抜けしてしまった。

（……わたしったら、ひとりで怒って、何をしていたのかしら）

結局のところ、醜(みにく)い嫉妬をしていたのはエルナだけだったのだと思うと恥ずかしい。

黙ってしまうと、ユリアンがエルナの顔を覗いた。

「うれしいよ、エルナ。エルナも俺がちゃんと好きなんだな。だから、リーゼとの抱擁の場面を見て怒ったんだ！」

あまりにも楽しそうに言うから、エルナは唇を尖らせる。

「ユリアン、あのね……悪いのは、ユリアンでしょう？　わたしが好きだと言っておきながら、リーゼ嬢と抱きあって……」

「うん、俺が悪かった。でも、あれはリーゼが抱き着いてきて……それに、俺が好きなのはエルナだけだ」

開き直ったような物言いに、エルナはさすがに声を荒らげる。

「どういうことなの！」

「エルナ。俺がすることは、すべて君のためだと言っただろう？」

ユリアンの発言に、エルナは目を丸くする。

「……リーゼと抱きあうのも？」

「そうだよ」

ユリアンの返答がにわかに信じがたく、エルナは唖然として彼を見つめる。

「エルナ？」

「……信じられないわ、そんなこと……」

都合のいい言い訳としか思えない。背を向けて部屋を出ようとすると、彼が腰に腕を回して拘束する。

「エルナ」

背後から抱き寄せられて、首筋に顔をうずめられる。

鼓動が一気に高鳴った。

「行くな」

「い、嫌よ。ユリアンったら理解のできないことばかり言う――」

ユリアンはエルナの背に並ぶボタンをはずしだす。

「な、何をするの⁉」

「まだわかってないみたいだから、エルナの身体に教えないと。俺の心を」

「こんなところで?」

ユリアンの背後には様々な箱が置かれている。どうやらここは物置部屋のようだ。

こんな自分の部屋でも彼の部屋でもないところで抱こうとするなんて、信じられない。

しかし、彼はおかまいなしだった。

ユリアンはドレスを腰まで下ろすと、コルセットの紐もさっさとほどいてしまう。緩んだコルセットと素肌の間に手を入れて胸を揉みだすものだから、エルナは面食らった。

「やめてっ……!」

豊かな乳房は彼に揉まれると弾力を増す。乳首も凝って、感度を増した。

「んんっ……!」

「エルナの身体は俺の手にすぐ応えるな」

ふたつの乳房を両手で揉みしだかれて、身体の芯が熱くなっていく。ユリアンの手になじんだエルナの肌は勝手に官能を高めだす。

「み、耳はやめて……」

ユリアンが左の耳殻に舌を這わせだす。輪郭を辿ると、耳たぶを口に含んで吸いたてる。

「ん……んんっ……」

くすぐったいのと気持ちよいのがないまぜになって、乳房の頂が痛いほどに尖る。それをユリアンは人差し指の先端で押し回した。

「あ……ああっ……」

胸に与えられる刺激が下腹にも伝わって、甘くうずく。ユリアンはそれを知っているように腹を撫でた。

「エルナ、ここに俺が欲しいだろう？」

「ほ、欲しくないわ」

「嘘だ。俺にいっぱい突かれたいって考えているだろう？」

ユリアンが尻に股間を押しつけてくる。硬くなった存在をやわらかな尻たぶに感じて、狼狽してしまう。

「や、やめて……」

「エルナ、早く挿れてしまいたいな。俺もエルナも気持ちよくなれる」

「ならないわっ……」

そう否定するが、ユリアンの手は止まらない。スカートをたくしあげだすから、ぎょっとしてしまう。

「だめ……！」

「エルナ。俺は早くエルナとひとつになりたいんだよ」

「無理よ、ここじゃ……」

寝台もないのに、どうやって情交をするというのか。

「じゃあ、俺に奉仕してよ」

「ええ？」

ユリアンが右手でエルナの腰を拘束し、左手で自らのベルトを緩めだした。脚衣を下ろすと、エルナの耳元でささやく。

「口で奉仕してくれよ」

「な……！」

エルナは振り返って絶句する。彼の男根を口で慰めろと言うのだろうか。

「そ、そんなこと……」

「嫌だったら、ここで挿れてしまうよ」

尻たぶに感じる硬質なモノに危機感を覚える。

（口でだなんて……）

今まで一度もしたことがない。

「……俺のモノは汚い？　そんなに口に入れたくないかな」

ユリアンがしょんぼりとした声で嘆く。エルナは言葉を失ってしまう。

（そういう意味じゃ……）

ただ単純にこの場では情交に及べないと考えているだけだ。それなのに、ユリアンはエルナのうなじにくちづけをしながら、スカートをたくしあげ、ドロワーズを引き下ろすと、足元に落としてしまう。それから股間に手を差し入れた。

「んんっ……！」

恥丘の叢(くさむら)を梳かれて、鼓動が速くなる。ユリアンは狭間に指を這わせて、密孔をつつましく守る肉の花びらを割る。

「あ……ああ……」

指を往復されると、じんじんと痺れるような心地よさを覚えた。

「……はぁっ……」

「エルナ、もう濡れているじゃないか」

「うう……」

頬が急速に熱くなる。自分の肉体が情交に慣れきってしまったと思い知らされたからだ。

「ここをさわられると、もっと濡れるだろう？」

「ひぁっ……あああっ……」

ユリアンが触れてきたのは、陰芽だった。包皮を剝いて直接転がされると、たまらず声が跳ね上がる。

「はぁっ……ああっ……そこ……だめ……」

「ここが気持ちいいんだろう？　エルナの弱いところだよね」

「ひ……ひぁ……」

触れるか触れないかくらいのやさしさで押し回されたかと思いきや、少し強めにこすりたてられる。

鋭い快感がひた走って、全身が震えてしまう。

「ん……んんぅっ……ううっ……」

「つんと尖ってきたぞ。もっとさわってほしそうだ」

「ち、違う……」

「ここをずっとさわっていたら、俺を中に欲しくなるよね」

意地悪をささやいて、前後左右にいじられると、腰が揺れるほど気持ちよかった。

「ん……熱い……」

身体の奥がひどく熱い。いつもユリアンを受け入れる蜜壺が愛液でしとどに濡れている。

「一度達ってしまう?」

そうささやいたユリアンが、膨れた陰芽をこすりたてだした。

快感がほとばしって、蜜壺が甘く痙攣する。

「あ……あああっ……ああっ……」

下腹がとろけたあと、絶頂の波が押し寄せる。脳内が白く染まって、全身が虚脱する。

背後のユリアンに支えられて、エルナは余韻にひたる。

「はあ……はあ……ああ……」

とろりとこぼれた蜜をすくった指が蜜孔に潜入しだして、エルナは首を振った。

「ユリアン……だめ……だめ……」

「……じゃあ、口でしてくれる?」

甘えるようにねだられて、エルナは喉を鳴らした。ここで最後までするなら、口で奉仕したほうがマシかもしれない。

「……わかったわ」

涙声で答えると、ユリアンが手を抜いた。

彼に促されて向き合う。足元に落ちたドロワーズを脱いでしまったのは、動きに支障があったからだ。ユリアンは視線を誘導するように腰を揺らしてみせる。

（……大きいわ）

限界まで張りつめたような男根は、パンパンになった竿も尖った亀頭も荒々しい気配を漂わせている。

エルナは膝をつくと、目の高さにある彼の男根に手を寄せた。

それから亀頭の先端におそるおそるくちづけてみる。

「まずは吸ってみてよ」

ユリアンに要求され、鈴口を吸ってみる。塩からい味がするが、不快ではない。

エルナは亀頭を口に入れてみた。なめらかな感触に、意外な思いがした。

（まるで絹布みたい）

舌を使ってみる。亀頭のくびれを舐めると、ユリアンが艶やかにうめいた。

「エルナ……なかなかいい……もっと舐めてみて」

煽られたために、舌でぺろぺろと舐め回す。ざらりとした裏側を舐めているうちに、半ばまで吸い込んでいた。竿は太くて、口がつらい。

（これを全部呑み込むなんて……）

自分の肉壺はどうなっているのだろう。深く柔軟に受け止めるそこの欲深さにおののいてしまう。

舌を全体に這わせると、ユリアンが感じ入ったような声を出した。

「ああ……エルナ……上手だ……」

幹を舐め回し、亀頭の裏をくすぐる。ユリアンがエルナの髪をまぜた。

「すごいな、エルナ……」

「ん……んんん……」

ユリアンの男根がさらに膨れあがる。正直、口の中がパンパンできつくなったとき、ユリアンが男根を動かしだした。

口内で抜き差しされて、息苦しさに眉を寄せる。

「ん……んんっ……」

「ああ、ごめん」

察知したのか、ユリアンは男根を抜いてくれる。口の中が空っぽになり、エルナは深呼吸をした。

「……ひどいわ、ユリアン」

「気持ちよくて、つい。ごめんよ、エルナ」

座り込んでいたエルナの腋に手を入れて、立たされる。

それから扉に背を押しつけられたから、面食らって彼を見上げた。

「鍵を閉めているから、大丈夫だよ」

「だ、大丈夫って……」

ユリアンはエルナのドレスをたくしあげてしまう。ドロワーズは脱いでしまったから、下肢は無防備だ。

彼は狭間に指を這わせると、蜜孔に中指を差し込んだ。

「ううっ……」

もはや慣れ切った肉壺は、難なく彼を襞の間に迎え入れた。指を抜き差しされて、愉悦が巻き起こる。

「んんっ……んう……」

ちゃぷちゅぷと鳴る音がいやらしく耳を犯す。もどかしいような快楽を得て、蜜壺がうねりだした。

「ここ、好きだよね」

「んん……だめっ……」

増やされた指で腹裏をこすられて、たまらず嬌声をあげる。湯水のように広がる快感が、エルナの羞恥心を麻痺させる。

中をかき混ぜられて、気持ちよさに総身が震える。

「ああっ……いい……」

つい赤裸々な本音を漏らしてしまう。ユリアンが内部をこすりながら、陰芽にも絶妙に手をこすりつけてくるからだ。内外の性感帯を同時に愛撫されて、心地よかった。

「エルナ、挿れるよ」

「んん……だめ……」

「いいさ。気持ちよくなろうよ」

ユリアンは指を抜くと、エルナの左腿を軽く持ち上げた。身体を密着させて、下から男根を蜜孔に押し当てる。

「あ、無理よ。ユリアン……」

「無理じゃないよ。ほら、俺の首に腕を回して」

やさしく言われて、エルナは彼の首に腕を回す。ユリアンがゆっくりと己を埋めこんできた。

「あ、ああっ……」

指とは異なる極太の雄芯がエルナの蜜襞を割って入ってくる。エルナは背伸びをするようにして、彼を受け止めた。

「んん……無理……」

「無理じゃない。もうちょっと協力してくれたら全部入る」

ユリアンはエルナの背を扉に強く押しつけて、両腿を抱えた。両足が地につかない体勢では、体重が彼と繋がる一点にかかってしまい、肉棒を深くくわえてしまう。

「んあっ……！」

一気に奥深くをえぐられて、エルナは息を呑んだ。結合に慣れないうちに、もっとも深い部分を突かれてしまった。弱点をもろに攻撃された衝撃に身体がひるむ。

「エルナ、昂奮しているな。あそこがうねってるよ」

「んん……ち、違うの……こんな体勢じゃ……」

「たまらないから、少し動くよ」

ユリアンが下から突き上げてくる。不安定な体勢で衝動を受け止める不安と身体に刻まれる快感がないまぜになって、下肢が熱く燃えたぎる。

「ああっ……お、奥に当たる……当たってる……」

鏃にも似た先端が子宮口をごつごつとえぐってくる。貫かれるたびに頭をとろかすような快感が生まれてしまう。

「う……うあっ……ふ、深いとこ……そんなにしたら……」

「気持ちよくて達ってしまいそう？」

ユリアンが耳元で艶やかにささやく。粘膜がこすられる刺激に、とっさに言葉が出てこない。

「さっきからずっと締めてきてるし、絞ってくる」

「ん……そ、そんなこと……してない……」

「してるよ、ほら」

ぐちゃぐちゅと淫猥な音を立てて抜き差しが繰り返される。奥へと引き込むような襞の動きに逆らって男根を抜きかけたかと思うと、最奥を無遠慮に突く。

背に汗をびっしょりとかきながら、野生的な彼の動きに酔いしれる。

「ああっ……いい……」

蜜襞を乱暴なほどこすられるのが、とてつもなく気持ちよかった。扉に耳を押し当てたとき、声が聞こえた。

「んひっ……」

「ユリアンったら、部屋にいないなんて、どこにいるのかしら」

声はリーゼのものに似ていた。一気に血の気が引く。

エルナはユリアンを見て首を左右に振ったが、ユリアンはかまわずに奥を貫いてくる。

懸命に悲鳴を呑んだ。ユリアンがぴったりと上半身を密着させて耳元に声を吹き込む。

「どうしたんだ、エルナ」

「リ、リーゼ嬢が……」

声を殺して答える。彼は扉に耳を押し当てたあと、笑みを浮かべた。

「聞かせてやろうか」

言うなり、抜き差しにさらなる勢いをつけた。爪先が震えるほどの快感に、エルナは声を必死にかみ殺した。

「ふ……ふうっ……っ……」

否定の意味で首を左右に振るのに、ユリアンはまったく気にした様子もなく、飢えた獣

のように抽挿を繰り返す。悲鳴を抑えようと懸命のあまり息が苦しくなってしまう。

（だめ……だめっ……）

そう思うのに、声をこらえていると、胎内により強く快感がたまっていくようだった。強く悦びを感じてしまい、下肢がとろけてしまう。

「どこへ行ったのかしら、ユリアンは」

聞こえる声に危機感が増す。こんなところで情交にふけっているなど決して知られたくない。

しかし、ユリアンはエルナの恐怖も恥じらいも壊してしまうかのように男根を力強く出し入れする。

「くっ……くふっ……」

胎内に容赦なく快感が蓄積する。最奥をこじ開ける強さで突きたてられた直後、白い奔流が腹からあふれ脳内をとろかした。

爪先を丸めて、快感の極致を味わう。快感に熟れた内奥にユリアンが熱い精液をほとばしらせた。

「は……」

蜜壷がきゅんと収縮して彼の精液をさらに奥深くへと呑み込もうとする。虚脱して愉悦にたゆたうエルナの耳にユリアンがくちづけた。

「こんなふうにするのは、エルナだけだよ」

甘いささやきに、彼を見つめる。ユリアンは噛みつくようにくちづけをしてから、またつぶやいた。

「リーゼとは、こんなことをしたことがないよ。エルナだけだ」

その言葉を聞いて、浅ましくも下腹が甘く痺れる。

(なんて、嫌な女なのだろう……)

優越感をかきたてられて、それを肉体の愉悦に結びつけてしまうなんて、ひどく卑しいことに思える。エルナは思わず唇を噛んだ。

「エルナ。リーゼには思い知らせてやるよ。エルナを蔑んだ報いを受けてもらわないとね」

恐ろしい誓いに、彼の目を見た。ユリアンの黒い瞳は底知れぬ闇のようだ。

「ユリアン……」

「ああ、まだ離れたくない。もう一回いい？　俺はまだいけそうなんだ」

屈託なく言ったあと、ユリアンはいつの間にか力を取り戻した雄の剣を引き抜き――そしてエルナの蜜壺の奥にずぷりと突き刺す。

官能をすぐに高められ、エルナは顔をしかめてあえいだ。

「だ、だめ……」

制止の言葉は彼の唇にふさがれて、狭い部屋での濃密な情交が再び開始された。

五章　真実の姿

ライラックの花もそろそろ終わりかというころ。エルナはいつものように薬草を狩りに出かけた。

六月の初め。風は穏やかで、陽射しは強くなりつつも、森の中にいれば心地よい。

「エルナ！」

籠を手にひとりで歩いていたら、ユリアンが追いかけてきた。

「ユリアン、どうしたの？」

「エルナと一緒に薬草狩りをしたくて」

ユリアンは満面の笑みだ。

「……今日は政務があるんでしょう？」

笑みをこらえて、からかう。税の徴収具合や各地の景気動向を調べるのが、彼の仕事であるらしい。

「……一休みの時間は必要だと思うんだ」

いたってまじめに言って胸を張るから、エルナは肩を上下させて笑う。

「……昔と同じね。お勉強が嫌いで逃げてきたときのことを思い出すわ」

「なんでそんなことを覚えているんだよ」

ユリアンが子どものように口を尖らせる。

「だって、コンラートとは全然違うと思ったから」

エルナは目尻にたまった涙を拭いながら答えた。

コンラートは勉強熱心で、常に書を手放さないような性質だった。エルナと交流するよう周囲からは言われていたらしいが、ふたりでいるときでも、おしゃべりに興じるなんてことはせず、ひとりで書に読みふけっていた。

(ユリアンは全然違っていたわ……)

机の上で書を広げるよりも、外に出て遊びたがった。

ふたりとも気質が異なっていて、常に別々のことをしていた。

(兄弟なのに、全然違っていたのよね)

「エルナは、コンラートが好きだったのか?」

「そうね……。コンラートは……厳しいお兄さんって感じだったわ。異性として見たことはなかったかも。それに、友人にもなれなかったし……」

元々、コンラートとの間には一線が引かれていたけれど、修道院に入ってからは婚約という関係そのものがなかったかのように交流がなかった。

「ふうん」

ユリアンは木々の隙間の青空を見上げてから、エルナに顔を向ける。

「……コンラートはエルナを妻にしたかったんだよ」

突然の告白に、エルナは目を丸くする。

「……何を言っているの、ユリアン」

「コンラートが聖マグダラ修道院の視察に行ったことは、覚えてるかい？」

「ええ」

けれど、遠目に見ただけだし、彼もエルナに声をかけてくることはなかった。まるで知らない者同士のように振る舞ったのだ。

「そのときに、エルナが近隣の農民のために薬を処方していると聞いて、エルナを見直したそうだよ」

「見直した？」

「ああ。エルナは自分の境遇を恨みもせず、立派だってさ」

ユリアンはエルナに近寄ってくると、ふと地面に手を伸ばし、花を手折（たお）った。ずいぶん遅く咲いた鈴蘭の花だった。

ユリアンは鈴なりに咲いた可憐な花を指先でねじりながら皮肉っぽく笑う。

「……昔から、コンラートはエルナのことが好きだったよ」

「コンラートが？」

意外な発言に、エルナは瞬きをする。

「コンラートは、わたしに興味がないのだと思っていたけれど……」

「俺と違って、〝いい子〟だったからね」

「つまり？」

　ユリアンの皮肉の裏が読めずに説明を求めると、肩をすくめてつぶやいた。

「コンラートは皇太子という自分の立場をわきまえていたから、エルナと婚約していたときは、馴れ馴れしくしすぎないように己を律していたんだよ。エルナが修道院に入れられたあとは、リーゼとの婚約を承諾したし、エルナとも関わらないようにした。すべて、皇太子という立場のためだよ」

　ユリアンの話は、なるほどと納得できるものだった。

「コンラートは慎重な男だったものね」

「そんなコンラートが、修道院でエルナの話を聞いたあとは、評価し直したのさ。皇妃にふさわしいんじゃないかって」

「冗談でしょう？」

　エルナは苦笑いをした。ただそれだけで、エルナへ想いを寄せるようになっただなんて、にわかには信じがたかった。

「……エルナは自分の魅力がわかってないから」

「だって、本当にわからないんだもの。そもそも、自分の魅力がわかっている人なんて、そんなにいないんじゃないかしら」

エルナが腰に手を当てて反論すると、ユリアンが楽しそうに笑いだした。

「ははっ、確かにそうだね」

それから、ユリアンは鈴蘭の香りを嗅いで、目を細めた。

「コンラートは気づいたんだよ。きれいな花には毒があるんだと。この鈴蘭のようにね」

「鈴蘭の毒……」

確かに鈴蘭には毒がある。愛らしい姿とは違い、水に生けたら、その水さえ毒を有する。

「わたしにも毒があるってこと？」

たずねると、ユリアンが鈴蘭をエルナの籠に投げてから、腰を抱いてくる。

「そう。俺を夢中にする毒を持ってるよ」

ユリアンはくちづけをしようとしたが——ふいに顔をそらして咳き込みはじめた。

「ユリアン！」

あわてて背を撫でる。最近は容態が落ち着いたかと思っていたのに、やはり肺病が完治していないのか。

「……ごめん、エルナ。かっこ悪いところを見せて……」

「そんなことないわ。それに、わたしの前では体調が悪くても隠さないで。隠したら、そちらのほうを怒るわ」

エルナは彼の広い背を撫でながら、唇を噛んだ。

（最近はだいぶ調子がよくなったと安心していたけれど）

それは慢心だったのかと深く失望する。

「ユリアン、部屋に戻りましょう？」

「……わかった」

いつも冗談とからかいで応じる彼が、咳の間から押し出した声は苦しげだ。

エルナは回復の願いを込めて彼の背を撫で、歩幅を合わせて歩きだした。


翌日の夜。

エルナはザビーネの部屋に薬を届けた。

薬を飲むようになってから、身体が軽いと言ってくれるので、エルナも安心して薬湯を処方できるようになっている。

ザビーネが寝台に座り、薬湯をゆっくりと飲む姿を眺めながら、エルナはついユリアンのことを考えてしまっていた。

（まだ咳が出るのは、薬が軽すぎたのかしら……）

修道院にいたときに処方した薬よりは薬効が穏やかなものになっている。一時期は症状が治まったが、薬効が穏やかすぎるために、症状がぶり返してしまったのかもしれない。

（……聖マグダラ修道院にある薬草を試すことができれば）

そろそろ完治に向けて、効果の強い薬を処方する頃合いかもしれない。

そんなことを考えていたら、カップと受け皿がカチリと鳴る音で現実に引き戻された。

「エルナ嬢、疲れているようですね」

ザビーネが様子を窺うようなまなざしを向けていた。

「すみません。少し考えごとをしていたもので……」

エルナは瞼を伏せて謝罪をする。

「それならば、けっこう」

ザビーネはいったん虚空を見、空のカップを見下ろしてから、穏やかに微笑んだ。

「考えごととは、もしや、ユリアンのことですか？」

直截にたずねられ、エルナは恥ずかしさのあまり首を横に振りかけ——結局はうなずいた。

「はい、そうです」

「仲睦まじいこと。ユリアンもあなたに夢中の様子。さぞや得意なのではなくて？」

ザビーネに問われ、エルナは遠慮がちに微笑んだ。

「得意ということなどございません。でも、ユリアンに感謝はしております。わたしを支えてくれているので」

エルナの返答に、ザビーネは苦笑を漏らした。

「模範的な回答だこと」

「……申し訳ございません」

「いいのよ。皇太子妃になれば、周囲の目はもっと厳しくなる。慎重な性質のほうがいいわ」

　彼女がカップを差し出すので、エルナは受け取る。そばのテーブルに置くと、ザビーネがため息をついた。

「正直、あなたが皇太子妃になることが最適なのか、わたくしにはわかりません」

「はい……」

　エルナも素直にうなずく。

　なんといっても、先帝暗殺犯の娘という汚名は消えないものだからだ。

「とはいっても、ユリアンの命を救い、わたくしの復調に力を貸してくれました。それを功績として公表すれば、少しはあなたの力になれるかもしれません」

　エルナは目を丸くする。ザビーネの発言は間接的な表現だが、エルナを皇太子妃として認めると言っているようなものだからだ。

「皇妃様……」

「なにより、ユリアンがどうしたってあなたを皇太子妃に……そして、いずれは皇妃にするでしょう。あの子はあなたが心から好きなのですから」

「……恐れ多いことです」

　ザビーネは一度口を閉ざしてから、どこか遠くを見るようなまなざしをした。

「……わたくしは形だけの皇妃。陛下が皇妃という立場の女を必要としたために選ばれただけです。それに比べれば、あなたは幸運だわ。ユリアンは皇妃の冠を愛と共にあなたの頭上にかぶせるでしょうから」

「そんなことは……」

「慰めはよくてよ。わたくしだって、自分のことはよく知っています。由緒正しいというだけが取り柄のわたくしは、政治に助言もできない。ただ形だけ、存在する皇妃が欲しかった皇帝にとって、都合がよい女だったのでしょう」

なんとも返答がしがたかった。しかし、ザビーネは〝貧者への施し〟でも、現場に足を運んだくらいだから、皇妃としての責任を果たす意志は強いはずだ。

「……皇妃様はご立派です」

エルナが言うと、彼女は唇に苦い笑みを刷いた。

「……あなたに言っても仕方がなかったわね。でも、これは知っておいてもよいでしょう。ユリアンはあなたを皇太子妃にするために、陰で活動しているようなのよ。それを聞いたときは、あの子の本気を感じたものだわ」

「ユリアンが……」

胸の奥がじんと熱くなる。ユリアンがそれほどまでに真剣に考えてくれているなど、エルナは知らなかったのだ。

「本当にわたしでいいんでしょうか？」

とたずねてしまったのは、不安が消せないからだった。

「あなたは誰だったらいいと思うの？」

逆にたずね返されて、エルナは束の間言葉に詰まった。

「ふさわしいのは……リーゼ嬢、でしょうか」

気遣いも込めて出した名を、ザビーネは鼻息と共に一蹴した。

「あの娘では無理よ。勝手気ままで、傲慢。味方をつくるのではなく、敵をつくってばかりなのだから。皇妃は皇帝を陰で支えなくてはならない。宮廷に侍る夫人を味方につければ、彼女たちが夫に意見してくれるときもあります。そこに思いが至らないのでは、とても皇妃になどなれないわ」

ザビーネは断言すると、少しためらったあと、エルナの手を握った。

「あなたは我慢強く仕事をするし、自分の立場をわきまえられる……さらなる努力は必要ですが、あなたなら、いずれは皇妃としての務めが果たせるはずよ」

「そ、そうでしょうか……」

熱を込められて、若干ひるんだ。本当に自分がふさわしいのか自信がないからだ。

「自信がないなら、これから学べばいいわ」

ザビーネの励ましがありがたかった。ともすれば後ろ向きになってしまいがちだが、彼女の話を聞いていると、なんとかやっていけるのではないかという希望が生まれる。

「ありがとうございます、皇妃様」

エルナは涙をこらえて礼を告げると、トレイを手に立ち上がった。

「どうか、ゆっくりお休みください」

「ええ」

部屋を出て、厨房に戻ろうとしたとき、リーヌスと鉢合わせした。彼は周囲を見回して他に誰もいないことを確認すると、深刻そうな表情で耳打ちしてくる。

「エルナ様。皇太子殿下がひどい咳をしはじめて、エルナ様を呼んでほしいと」

「ひどい咳ですって？」

血の気がさあっと引いていく。昨日、森で咳をしていたが、やはり肺病がぶり返しているのだろうか。

「すぐ行くわ」

リーヌスと共にユリアンの居室に赴く。一歩入室しただけで、一部屋隔てた寝室のほうから咳が聞こえた。あわてて寝室に飛び込むと、彼が腰を曲げて寝台で咳をしている。

「ユリアン！」

エルナはあわてて彼に近寄る。ユリアンはぜえぜえと息をすると、胸を押さえて喉奥から言葉を吐き出した。

「咳が……止まらなくて……」

「ユリアン」

彼の背を撫でながら、半泣きになる。

「薬湯をつくるわ。少し待ってて」

彼をきちんと寝かせて枕を頭の後ろに当てて離れようとしたとき、ユリアンが腕を引いた。

「エルナ。少し……そばにいてくれ……」

「でも……」

「エルナがそばにいてくれたら、それだけで落ち着くんだ」

彼がエルナの手を自らの額に押し当てるから、動けなくなってしまう。

彼の傍らにひざまずくと、エルナは横臥する彼の顔を見つめた。

「エルナ。この病を早く治したい」

「わかるわ。苦しいでしょう？」

ろくに呼吸ができないなんて、苦悶の極みとしか思えない。

「それだけじゃない。エルナを無事に皇太子妃にするためにも、俺は病を治さないといけない」

「ユリアン、それは……」

唇を強く嚙んだ。遠回しな言い方に隠れた本音を理解できた。

（わたしに功績を立てさせる。その功績をもって、わたしを皇太子妃にしようと考えているのね）

皇太子の肺病を完治させたとあれば、その功績は大と言えるだろう。エルナの名誉を回復させ、皇太子妃に選んだ根拠にしたいと考えるのはもっともなことだった。

（だけど、このままじゃ……）

ユリアンの病状は一進一退という状態だ。完治を目指すならば、違う方法をとらねば。

「でも、強い薬でも、身体に合わなかったから咳が出たのでしょう？」

ユリアンに頼まれた当初、聖マグダラ修道院に置いてきた薬草を使って丸薬を処方したが、かえって咳が止まらない羽目になった。宮殿の周囲で採取した薬草を処方して穏やかな薬効の薬湯をこしらえたが、完全に咳を止めきれていない。

「混ぜたらうまくいかないのかな。薬効の強い薬草と薬効の弱い薬草を足したら、どうだろう」

ユリアンに指摘され、エルナは目を見張った。

「そうね、その手があるわね」

エルナは考えを巡らせる。

（聖マグダラ修道院に行って、薬草を取ってくればいい）

そして、今使っている薬草と調合し、効果の高い――しかし、身体に負荷をかけない薬にすればいい。

「ユリアン、わたし、聖マグダラ修道院に行って薬草を取ってくるわ」

「あちらから持ってこさせればいいじゃないか」

「いいえ。わたしが行かないと、わからないと思うの。どれが必要なのか」

中には肺病に使わない薬草もある。自分の目で選んだほうがいい。

「行って、すぐに戻ってくればいいわ」

「……でも、エルナと離れがたいよ」

ユリアンはエルナの手を握って訴える。

甘えるような表情を見ながら、姉の気持ちで注意した。

「しっかりして。ユリアンは皇太子なのよ。わたしがいなくても、平気な顔をしてもらわなきゃ」

鼓舞するエルナに、ユリアンは苦笑いをこぼす。

「エルナが心配で……そうだ、リーヌスをつけるよ。あいつがエルナを守ってくれるはずだ」

「大丈夫よ」

「だめだ。リーヌスを連れて行ってくれ」

かたくなに言うから、エルナも承諾せざるを得なくなる。

「わかったわ。リーヌスについて来てもらう。それならば、安心して待っていられる？」

「……安心できないけど、我慢するよ」

子どものような言い訳に、エルナは彼の手を握り返した。

「ユリアン、わたしは大丈夫だから」

修道院に行って薬草を持ち帰るだけ。子どものおつかいと同じだ。

「わかった。リーヌスによくよく気をつけるよう注意をしておくよ」

ユリアンはひどく危険なところに出発させるかのように注意をする。困ってしまうが、エルナは彼を安心させるために微笑みを絶やさないようにしてうなずいた。

翌日、エルナはリーヌスとマリーを連れて、聖マグダラ修道院へと向かった。

馬車を急かして進む旅は、トゥールに護送されたときとは違い、車輪が地響きのように鳴る急行の道行きである。悪路でもおかまいなしに駆けるものだから、腰も尻も痛くなる。

「もう、痛くてたまりませんよ！」

とある宿場についたとき、マリーは馬車から降りるなり、癇癪を爆発させた。

「リーヌス様はどちらにいらっしゃるんですか？　一言、文句を言ってやらないと気が済まないですよっ」

「マリーったら、落ち着いて！」

腕をまくってリーヌスを探すマリーの腕を引いて食い止める。しかし、マリーは憤怒の息を吐き、リーヌスを探すのをやめない。

「姫様。どうか……どうか邪魔をしないでくださいっ！　あたしは、リーヌス様をこらしめないと気が済みませんっ」

「リーヌスをどうやってこらしめるの？　そもそも、この旅は急ぎの旅なんだから仕方ないじゃない」

「いいえ、仕方なくなんてありません。姫様は未来の皇妃様ですよ？　それなのに、こんな乱暴に……荷物でも運ぶように馬車を急かせるなんて……あたしのお尻の皮も剝けてしまいそうです！」

「マリー。わたしのことより、あなたのお尻の件で怒っているんじゃないの？」

エルナは思わずツッコミを入れてしまう。確かに、尻どころか身体全体が痛むほどの衝撃を受けていたのだ。

「そんなことはありませんよ……ちょっとあなた、リーヌス様はどこ？」

マリーは立ち話をしている護衛兵を捕まえると、鬼気迫る表情で詰問する。

「え、あ、リ、リーヌス様なら、その……裏手のほうに行かれて……」

「わかりました。参ります」

「あ、いや……」

ひるんだ様子の兵を置いて、マリーはまっすぐ指示されたほうに歩いて行く。

山間の谷間の小さな宿である。塀で囲まれた庭の裏手に回り込むと、すぐにリーヌスの背が見えた。彼は立ち話をしている。

「……日程は順調だ。きちんと予定どおりに到着する」

「ならばよいのですが、こちらにも準備がありますから」

低い声で笑う男の声がどこか不気味だ。

「それにしても、お姫様方は輸送に苦労いたしますな。乱暴に走らせるわけにも参りませんし」

男の揶揄(やゆ)にリーヌスは渋い顔をした。

「まったくだ」

「リーヌス様！　どこが苦労なんですか!?　あたしたちを荷のように運んでおいてっ！」

怒りの声をあげるマリーに、あとを追ってきたエルナはぎょっとした。

「マリー、落ち着いて」

「落ち着けませんよっ。あたしたちを荷か何かと勘違いしているんじゃないですかっ」

マリーはリーヌスにずんずんと近づいていく。男がそそくさと逃げたため、リーヌスがマリーの苦言をひとりで受け止める羽目になった。

「マリー殿、何かご意見がありますか？」

「大ありですよ！　あなた方が馬車を乱暴に進めるものだから、あたしたちのお尻……じゃなくて、身体が痛くてたまらなくなっているんですから！」

「それは申し訳ありません。ユリアン様の薬草を取りに行くためということですから、特別に急いでおります」

「なんとかならないんですか？　急ぎつつ振動を抑えるとか」

「それは難しいですね。ほぼ無理です」

まじめな顔つきで語るリーヌスに、マリーは眉を寄せる。

「無理とか無理じゃないとかじゃないんですよ、やるんですよ！」

「お気持ちはわかりますが、やはり無理と言うか……」

結論の出ないやりとりがいつまでも続きそうだから、エルナは割って入る。

「マリー、もうよして。リーヌスだって困っているわ。わたしたちが馬に乗れば、旅は早く済むのに、リーヌスはむしろ困らされているほうなのよ」

「そのとおりです。ご理解いただき、感謝いたします」

リーヌスは人を食ったように謝礼を述べると、一礼する。マリーが握ったこぶしを顔の前に出した。

「……リーヌス様じゃなければ、制裁するところです」

「手加減していただき、ありがとうございます」

エルナは摑みどころのないリーヌスの顔を見ながら、質問した。

「さっきの護衛は見覚えがなかったわ。どこかで交代したのかしら？」

リーヌスは目を丸くしたが、すぐに穏やかに微笑んだ。

「先遣隊なのです。先行して様子を見てもらっております」

「そう」

先遣の兵までいるなら安心だろう。道中、野盗が出ないとも限らないからだ。

リーヌスは瞼を半ば伏せ、遠慮がちに言う。

「おふたりとも身体が痛いとおっしゃるなら、今日はお早くお休みください。まだ旅は続きますし、急がねばならない状態であるのは変わりありません」

「そうね。ユリアンのためにも、早く行って、早く帰らないと」

心配だから、念のためにユリアンには飲ませていた薬の処方を残してきた。宮殿の誰かに煎じさせると言っていたから、時間稼ぎにはなるだろう。

「それでは、宿から出ないようにして、ゆっくりお休みください」

リーヌスは顎を軽く引くと、エルナたちの脇をさっさと通り過ぎて行く。

マリーが腰に手を当てて彼の背を睨んでいる。

「まったく、なんて方でしょう。あたしたちをないがしろにして！」

「ないがしろと言うよりも、いつまでも相手をする時間はないって言いたいんじゃないかしら」

「結局、雑な扱いしかしないということじゃないですかっ」

マリーの怒りは収まらない様子だ。エルナは彼女の肩を軽く押しながら、宿の玄関へと向かう。

「旅は明日も続くわ。リーヌスとは協力していかないと」

「姫様は本当に物わかりがいいんですから」

「……ユリアンのために全力を尽くしたいだけよ」

エルナが決意を示すと、マリーは渋々といったふうにうなずいた。

「……確かに、それが一番大切ですね」

エルナは星が瞬きはじめた藍色の空を見上げる。

（ユリアンが苦しんでいませんように）

それはエルナの心の底からの祈りだった。

二日後の午後。熟したオレンジのような太陽が輝くころに聖マグダラ修道院に到着した。

修道院の門の前で降りたエルナは耳を澄ませる。

「変ね、全然物音がしないわ」

常ならば、作業に励む修道女たちが、静粛の義務など耐えられないというふうにおしゃべりをしているのだが、いやに静かだ。

「本当ですね。もう少しは物音がしそうなものです」

マリーが同意する。ふたりが逡巡している間に、リーヌスはためらいもなく門を押して中に入った。

「先に参ります」

リーヌスはさっさと奥に歩いていく。ふたりで顔を見合わせたあと、マリーがあきれたように顔を振った。

「まったく、礼儀を知っているのか知らないのか、わからない方ですね」

「とりあえず、院長にご挨拶しましょう」

到着前に届くように手紙を送っておいたから、彼女たちはエルナの訪れを知っているはずだ。

敷地を進むと、手入れのされた庭は出立のころと同じであるものの、ひとけが全然ない。しんと静まり返って、怖いくらいだ。

「誰かいませんか？」

マリーが大声を出すから、エルナはかつての癖でつい制止する。

「だめよ、修道院で大声を出したら」

「わかってますって……しかし、おかしいですね、ひとっこひとりいないみたい……」

マリーが肩を震わせる。

「いやだわ、みんなどこに行っちゃったんでしょう。まるで人買いにさらわれたみたいですよ」

「怖いことを言わないで、マリー」

こそこそと話していると、リーヌスが同行者と共にエルナたちを出迎えに来る。

「あら、副院長ですわ」

常にエルナたちを見下すようにしていた彼女が、身の置き所もないというふうに顔を伏せてリーヌスと共にやって来る。彼女はエルナたちに顔を向けると、引きつった笑みを見せた。

「遠路はるばる大変でございましたね」

「え、ええ……」

猫なで声の挨拶に、ためらいながら応じる。いつもと違った様子に戸惑うばかりだ。

「院長がお待ちかねです。ご案内いたします」

副院長が先に立ち、エルナたちを先導する。エルナはマリーと目配せした。

言葉にならない声で違和感を交わす。

（なんだか変な態度だけれど、わたしの立場が変わったとでも伝わったのかしら？）

修道院を出る前は、先帝暗殺の親族という厄介者だった。ところが、戻って来たら、皇太子妃候補である。

（でも、手紙にはそんなこと書かなかったわ。ユリアンのために薬草をもらいたい旨だけを書いたのだけれど……）

それとも、噂が届いたのだろうか。

悶々と考えているうちに、副院長が院長室にエルナを案内する。入室したエルナに対し、マリーは直前で扉を閉められた。

『どういうことですか？』

扉越しにマリーの抗議の声が聞こえる。振り向きかけると、副院長から肩を掴まれた。その手が氷のように冷たくて、ぎょっとする。

「院長がお待ちです」

強ばった声音に、エルナは正対して彼女を見た。ぎらつく目に、頭の中で警鐘が鳴る。

「……どうなさったのですか？」

「何をしているの。早くお連れしてほしいわ、その卑しい娘を」

奥の部屋から出て来た女を見て、エルナは目を見開いた。

「……リーゼ嬢……」

幻影かと思ったが、彼女は確かな存在感を放ちつつ近づいてくる。

「リ、リーゼ嬢。約束どおり、お連れしましたわ」

副院長の下手に出た話し方に、リーゼは目を三日月の形にして微笑んだ。

「外に出ていいわよ、副院長」

彼女はそそくさと外に出る。エルナもあとを追おうとしたが、背後から髪を引っぱられて、部屋の中央に連れられる。

代わりに入って来たのは、リーヌスだ。彼は扉を背にしている。外に出られぬようにふさいでいるのだ。

「エルナ嬢。ようやく来たわね。待ちかねたわ」

リーゼはエルナを突き飛ばした。床に倒れたエルナは彼女を見上げる。

艶々とした赤い髪は燃え盛る炎のようで、金の瞳は獰猛に輝いている。常よりもさらに増した迫力に、エルナは恐れを抱いた。

「……どういうことなの、リーゼ嬢」

「わたくし、先にここに到着して、あなたを待っていたの。あなたを始末しないといけないから」

「始末？」

物騒な単語に目を見張る。

「ええ、そうよ。あなたは邪魔なの。ユリアンとわたくしが結ばれるために」

「ユリアンとあなたが結ばれる？」

唖然としてしまう。ユリアンはリーゼにまるで興味がないという発言をしていたというのに。

「ユリアンと約束したの？」

思わず質問すると、彼女が目をつり上げた。放たれる怒りを正面から浴び、エルナはじりりと下がる。

「……ユリアンはね……ユリアンは言っていたのよ。あなたを未来の皇妃にすると言っていたのは、あなたを修道院から出してやるための方便だって。あなたが社交界から存在を認められるようになったら、結婚の約束なんて反故にするって」

瞬間、頭の中が白くなった。

（……嘘でしょう？）

ユリアンがそんなことを言うはずがない、考えるはずがない。

何も言えないエルナをよそに、リーゼは話し続ける。

「ユリアンにとって、わたくしのほうが力になるでしょう？　わたくしにはバッスル家という後ろ盾があるもの。あなたには何があるの？　父親が先帝を殺したという最底辺にいる娘が、どうやってユリアンを助けるの？」

怒りか恐怖か屈辱かわからない感情で、心臓がどくどくと鳴っている。指先が氷のように冷たく、身体が震えてしまう。

「ユリアンは約束してくれたわ。わたくしを皇太子妃にしてくれるって。それなのに……それなのに、あなたがユリアンを誘惑するから！」

リーゼはエルナのすぐ前に立つと、肩を揺する。

「……あなたが悪いのよ、盗人みたいなことをするから。コンラートに色目を使って、ユリアンまで誘惑するなんて！」

「コンラートに色目を使うだなんて、そんなことはしてないわ」

エルナが懸命に否定すると、彼女は目をつり上げた。

「嘘を言わないで！　コンラートはこの修道院の視察が終わったあと、わたくしとの婚約を解消すると言ったのよ！　わたくしは皇妃にふさわしくないって！　ふさわしいのは、あなたみたいな清廉な女だって！」

あまりに信じがたい発言に、エルナは首を左右に振る。

「……そんなこと……あの礼儀正しいコンラートが言うはずがない――」

「許せなかったわ。わたくしは何ひとつ悪くないのに、婚約を解消してわたくしを辱めようとするなんて！　だから、ユリアンが教えてくれた毒草をコンラートに飲ませたの」

エルナは息を呑んで彼女を見つめる。

「……コンラートに毒を盛ったの？」

「ええ。だって、コンラートは卑怯者だもの。わたくしを捨てようとして、わたくしに恥をかかせようとして……あんな男はこの世にいてはいけないのよ。殺されても仕方のない男なのよ」

リーゼはエルナの前をうろうろと歩きだす。

「わたくしは悪くないわ。悪いのは、コンラートよ。死んだときは、胸がすうっと晴れたわ。それに、ユリアンと結ばれることになるから、きっと幸せになると信じられたの。コンラートがいなくなっても大丈夫。ユリアンがいるんだから、大丈夫だって」

餌を求める鶏のようにうろついていたリーゼは、自分の頬を手で包んで、うっとりとつぶやく。

「ユリアンが皇太子になれば、わたくしが皇太子妃になるんだと予定を立てていたのに、あなたがトゥールに来るから……！　あなたなんか死ねばいい」

彼女はデコルテが開いたドレスの胸元に手を入れた。取り出したのは短刀だ。コルセットの内側に隠していたらしいそれの鞘を払うと、刀身をエルナに見せびらかす。

「あなたがここに来るってユリアンから聞かされたとき、あなたを殺すチャンスだと思ったの。本当は〝貧者への施し〟のときに、殺させるつもりだったのよ。暴徒たちの動きに乗じて、あなたを死なせるつもりだったのに、邪魔が入るなんて！」

彼女は短刀の先端をエルナの首筋に押し当てる。かすかな痛みのあと、血が流れる感覚があった。

「あのときに死んでもらうつもりだったのに、計画が狂ってしまって……おかげで、こんな田舎まで来る羽目になったわ」

「……リーゼ嬢、わたしをここで殺したら、どのみちバレてしまうわよ」

ここにきて邪魔をしないリーヌスは彼女の味方なのだろう。けれど、外にはマリーも護衛の兵もいる。それとも、全員殺して口封じをするつもりなのか。

「それはかまわないわ。リーヌスはわたしの味方。あなたがここに来る日取りを教えてくれたし、今も外から人が入るのを邪魔してくれている」

リーゼは短刀を持つ手に力を込める。痛みが走って、唇を噛んだ。

「あなたの侍女や他の兵も殺してあげるわ。野盗に襲われたと言えば、問題はないはず」

歌うように残酷な計画を話し続ける。エルナは悔しさに唇を噛んだ。

「あなたが死ねば、ユリアンはわたくしを皇太子妃にしてくれる。あなたみたいな卑しい女はここで死ぬべきだわ」

「リ、リーゼ嬢……」

彼女の言葉を信じたくない。まさか、ユリアンは彼女の味方なのだろうか。

「ユリアンとわたくしが幸せになる姿を、指をくわえて地獄で眺めているといいわ」

ぐっと刺されて、命の危険を感じる。エルナはリーゼの手を押さえた。

「……死なないわ」

エルナは彼女に負けぬように双眸に力を込める。

(リーゼ嬢の話が本当なのかどうか)

ユリアンにたずねたい、切実にそう思った。

(彼に本当のことを訊く)

今までのユリアンの言葉を、行動を信じている。けれど、何か隠していることがあるならば、打ち明けてもらわなければならない。

「しつこい女。あなたみたいな卑しい人間は死ぬのよ！　ユリアンとわたくしが幸せになるのを邪魔するなんて、許さない！」

リーゼはエルナの手を振り払うと、短刀の柄でエルナのこめかみを殴った。

「きゃあ！」

倒れ伏したエルナはこめかみを押さえる。生じた隙に乗じてエルナの胴に乗ってきたリーゼが、短刀をエルナの首根に当てる。

「ここには太い血管があるんでしょう？　ここを傷つけたら、あなたは死ぬわね」

歌うように言う彼女がにたりと笑う。

エルナは目を見開いて、彼女を睨んだ。

「馬鹿な真似はよして！」

「嫌よ。あなたを殺して、わたくしはユリアンと結婚す――」

リーゼの得意げな宣告が、ふつりと途切れた。

足音に身をひねると、扉が開いていて――ユリアンが立っていた。

「ユ、ユリアン……」

リーゼの歓喜に満ちた表情は、すぐに崩れた。ユリアンの背後には兵がいる。

「リーゼ。エルナを殺そうとした罪は重いよ」

「どういうことなの、ユリアン」

リーゼが問うと、ユリアンのそばで顔を伏せて立っていたリーヌスがすかさず話しだした。

「皇太子殿下。はっきりとこの目で見、この耳で聞いたことをご報告いたします。リーゼ嬢はこの場でエルナ嬢を殺そうとしたばかりか、〝貧者への施し〟でもエルナ嬢を殺そうと貧民をけしかけたとか」

「その貧民はバッスル家の私兵だそうだ。つまり、リーゼは私兵に護衛をまかせ、私兵に暴れさせた。あの暴動は、自作自演のものだったんだ。そして、とうとう自らの手でエルナを殺そうとしたんだな」

ユリアンはリーゼにやさしげに微笑みかけた。

「あの日に暴れた貧民を拘束しておいたんだ。拷問をしたら、白状したよ。君の私兵で、命じられたように暴れたと。あの場を惑乱させるのが目的だったとね」

「……ユリアン、わたくしに言ってくれたでしょう？　わたくしを皇太子妃にするって」

「そんなことを約束した覚えはないな」

「言ったわ！　皇太子妃にふさわしいのは、わたくしのように力があって、将来、皇帝を助けられる女だって！」

「君のような、と君だよの間には、大きな差があると思うけどね」

ユリアンは憐憫のまなざしをリーゼに向ける。リーゼは口をポカンと開けた。顔を歪めてユリアンを凝視している。

「……嘘よ」

「皇太子殿下。リーゼ・フォン・バッスルはさらなる大罪をも告白しました。彼女はコンラート殿下をも毒殺したと」

「……兄上を？」

ユリアンの驚愕をリーヌスはうなずいて肯定する。

「毒を盛って殺害したと」

「リーゼ……」

ユリアンが呆然としている。

「君は……コンラートまで……」

「あなたがそそのかしたんじゃない！　不名誉な立場になりたくないんだったら、コンラートを殺せって！」

リーゼの罵声は耳をふさぎたくなるくらいにひどいものだった。身の危険を感じるほどだったから、エルナは半身をようよう起こす。

ユリアンがいぶかしげに眉を寄せる。

「俺が？」

「そうよ！　アコナイトの花を教えてくれたじゃないの。葉にも根にも毒があるって。だから……だから、粉末にして、スープに混ぜて飲ませたのよ」

エルナは両手で口を覆う。

「……なんてことを」

「何よ、何が悪いって言うの。ユリアンよ。ユリアンが言ったのよ、毒を飲ませて殺せばいいって！」

リーゼは話すうちに興奮してきたのか、顔を真っ赤にして怒鳴っている。対してユリアンは、彼女が叫べば叫ぶほど醒めた顔つきになっていった。

「……アコナイトの花は美しい。夏から秋になると、紫の、それはきれいな花を咲かせる。俺は、きれいだからといって、この花に近寄ってはいけない、アコナイトは人を殺せるほどの毒があると教えただけだよ」

リーゼは唇を震わせている。

「……嘘よ、それだけじゃない。言ったわ、コンラートを毒殺しろって」

「俺が言ったのは、不当な処遇だと思うなら、コンラートをどうにかしなければ、ということだけだよ」

ユリアンが嘲りの笑みを浮かべた。

「それがどうしたら殺せと解釈できるのか、俺にはわからないな」

うそぶく声は残酷で、エルナは思わず目を閉じた。

（……リーゼは自分の欲望に従って解釈したんだわ）

毒を盛って殺せとユリアンは命じたわけではないのだろう。けれど、彼女にとってはそう聞こえたのだ。いや、そそのかされたと信じたかったのだ。

「……リーゼ嬢。罪を認めて、早く謝罪して。そうして、慈悲を乞うのよ」

エルナの言葉に、リーゼは眉をつり上げた。

「……なんですって？」

「わたしのことではなくて、コンラートのことを――」

話を最後まで言うことはできなかった。リーゼがエルナのこめかみに痛烈な一撃を加えたからだ。

痛みに声を出せずにいると、こめかみを押さえた左手の甲に激痛が走った。リーゼが短刀で刺したのだ。

「おまえがいなければ！　おまえさえいなければ――」

だが、彼女はエルナを攻撃し続けることはできなかった。ユリアンが彼女の腕をひねりあげたからだ。

「痛い！　やめて！」

リーゼの絶叫が耳に突き刺さる。

「……よくも、何度もエルナを傷つけたな」

ユリアンの双眸が狼のように輝いている。

「……リーゼ。いくつ罪を重ねるつもりだ？　君の罪は、どれもこれも、とうてい赦されないものだぞ」

「ユリアン、わたくしを抱きしめて言ったじゃない！　わたくしが必要だって！」

「言ったね。バッスル家が必要だから」

突き放すような言葉に、一瞬の沈黙が落ちる。唐突にリーゼが哄笑（こうしょう）を放った。

「リ、リーゼ嬢……」

気が触れたのかと心配になるほど、彼女は笑い続けている。

「利用されたのね。なにもかも、その娘を皇太子妃にするための詐術だったのね！」

リーゼはユリアンに拘束されて立たされてもなお、怒鳴り散らした。

「呪ってやるわ！　ふたりとも！　地獄に落ちろ！」

「リーヌス、リーゼを馬車に乗せろ。自害しないように処置をしておけ」

ユリアンの冷酷な命令に、リーヌスは兵を促してリーゼに縄をかけ、外に連れ出す。

「殺してやる！　ユリアン、あなたもその女も殺してやるわ！」

リーゼの声が遠ざかる。ユリアンは膝をつき、エルナを助け起こした。

「エルナ、大丈夫か？」

「……ユリアン、ありがとう」

半身を起こしてもらい、感謝を込めて彼を見つめる。

「エルナ、すまない。すまない……」

ユリアンはエルナを抱きしめて謝罪を繰り返す。
彼の懐深く抱きしめられながら、エルナは目を閉じる。
（終わった……）
こんな騒動は二度と起きないだろう、そんな予感がする。
（なぜなら……）
痛みと疲労で頭が働かない。
「エルナ、もう誰にもエルナを傷つけさせないから……」
言葉を放つ気力を失ったエルナは、ユリアンの誓いに小さくうなずいた。

終章

トゥールに戻されたリーゼは、エルナ殺害未遂の罪とコンラート毒殺の罪を公に暴かれた。

とはいっても、コンラート暗殺が実行されたのは半年も前のことだ。証拠はなく、あるのはリーゼの自白だけ。

しかも、リーゼは錯乱したかのように誰彼かまわず罵詈雑言を吐き散らし、泣き喚いた。

結局、リーゼはバッスル家が引き取った。リーゼに裁判を受けさせない代わりに、バッスル家は辺境防備の費用を全負担をすることや領地の返上、多額の税を国庫に納めることを約束した。

エルナはリーゼに殺害されかけたことを公表された。合わせて、ユリアンの肺病が完治したこと、その治療はエルナが担当したこと、ザビーネの復調にもエルナの調薬の技が寄与したことが発表された。

皇太子ユリアンとエルナの婚約も公にされ、表向きは反対の声がなくなった。

夏の間は婚礼の準備に忙殺され、華燭の典を翌日に迎えた秋の夜。

エルナは寝台でユリアンの愛撫を受けていた。

「ユリアン……そこ……だめ……」

衣をすべてはぎとられ、裸身を差し込む月光にさらして、エルナは甘い息を吐いた。

膝を曲げて仰向けになったエルナの脚の間には、ユリアンがいる。

彼もまた彫像のようなたくましい裸体を月明かりに浮かびあがらせ、斜めに反り返った男根を恥ずかしげもなくあらわにして、エルナの肉体を愛玩する。

たわわな乳房は散々に揉まれ、木苺の色に染まった乳首が指先で転がされる。その上、下腹をすべった手は一番感じる雌芯の薄皮を剝いていじりだした。

「だめじゃないだろう？　すぐに尖ってきたのに」

ユリアンは含み笑いをすると、指先で快感の芽をこすりたてる。

「あ、あっ、ああっ、んあっ……」

エルナは頤（おとがい）をあげ、踵を浮かせて、こみあげる快感に耐える。

ユリアンの指の感触をすっかり覚えた陰芽は酔っぱらったように愉悦を生み出して、下腹の奥が甘くとろける。

「んんっ……気持ちいっ……そんなにしちゃ……」

乳首と肉粒を同時になぶられて、エルナは腰を波打たせた。

ユリアンの指はもはやエルナの弱いところをすべて知っているから、たちまちのうちに理性を奪ってしまう。

「……大洪水だな」

ユリアンはエルナの股を覗いて笑う。

「み、見ないで……」

恥ずかしさに脚を閉じようとすると、彼が容赦ない力で押しとどめる。

「これは俺だけに効くエルナの薬だから、舐めさせてもらおうかな」

ユリアンは美貌を寄せて、エルナの狭間に舌を這わせる。

「ああっ……や……いや……」

ざらつく舌が狭間を何度も往復したあと、舌先で女核を突いてくる。

押したり転がしたり、巧みな舌技に腰が跳ねてしまう。

「は……ああっ……い、いっぱい……出ちゃう……」

じゅくじゅくと愛液がほとばしって、尻にまで蜜が垂れてしまう。

「おいしいよ、エルナ……」

じゅっと音を立ててすすられ、喉が震えた。

「だめ……そんな恥ずかしい……」

「じゃあ、口でしあおう。そうしたら、恥ずかしいことないはだろう？」

ユリアンはそう言うなり、身体の向きを変える。エルナの頭の脇に膝をつくから、彼の男根がちょうど口に入れられる位置にくる。亀頭をくわえ、なめらかな感触を舌で味わうと、ユリアンがエルナの下肢に顔をうずめた。

「ん……んんっ……」

ユリアンの潮を味わいながら半ばまで含んだ男の証に舌を這わせる。ユリアンはお返しとばかりに、雌芯を甘噛みする。

強烈な快感に襲われて、いきなり絶頂に押し上げられた。腰が浮きあがって、肉壺が甘くとろける。

「もう達ったのか。早いよ、エルナは」

ユリアンは指を蜜孔に入れて抜き差ししだした。長い指が肉襞をこすりたて、浮き沈みを繰り返す。

「う……うんんっ……んぁ……」

さらに舌で蜜孔のふちを舐めてくる。太く長い陰茎を口内の粘膜と舌でこすりあわせたり、しゃぶったりしていたエルナは、集中をかき乱された。

(こんなんじゃ、できない……)

してもらうようにし返したい。そう思っているのに、ユリアンの手技と口淫に翻弄されて、うまく続けられない。

「中、もうほぐれてきたよ。俺の指になじんできたんだな」

感慨を込めて言われ、エルナはかすかに首を振った。

まだ挿入されないように舌をからめていたのに、彼はあっさりと男根を引き抜いてしまう。

「今度はこっちの孔で楽しもうよ」

子どもが遊びに誘うように言うと、彼は下肢の狭間に男根を押し当て、先端で割り開いていく。一気呵成な突き込みに、エルナは背をそらした。

「――！」

声も出せないほどに強烈な突き込みだが、淫蕩な肉襞はさらに奥へ引き込もうとうねりだす。

「ああ……いいな……エルナ……中がすごく締めてくるよ……」

「ん……ユリアン……熱い……」

灼熱の肉棒が抜き差しをはじめる。

なめらかな抽挿の繰り返しに、蜜襞がとろけていく。

「あ……ああ……気持ちい……」

彼が腰を振るたびにこすられた肉襞が淫靡な熱を生み出す。愛液はどんどんしたたって彼を潤し、蜜孔から白くあふれた。

「ああ、ユリアン……もう……溶けそう……」

ユリアンの汗が肌をすべっていく。エルナも白い肌に汗の粒を浮かべて、彼の突き込みに顔をしかめた。

「お、奥はだめ……！」

子宮口をこじ開けるように先端で突かれると、総毛だった。ユリアンはエルナを強く抱きしめて、唇を重ねながら激しく抜き差しする。

舌をからめ、下肢をからめ、とても他人には見せられない姿で互いに快楽をむさぼる。

ユリアンの愛を全身で感じていると、蜜壺が形をなくすような感覚に襲われた。

「ん……んんっ……！」

極みの光が全身を貫いて、脳天を抜けていく。

快感の極致に痙攣する肉壺をさらに何度も貫いたユリアンが、最奥で射精した。

「は……はぁっ……」

長い時間をかけられて精を吐かれ、身体の芯が熱く震える。

密着した身体を解き、彼のぬくもりを傍らに感じていたエルナは左手に手を重ねられた。

「……エルナ、ごめん。リーゼを甘くみていたよ。俺のしくじりだな、この傷は」

ユリアンがしんみりとつぶやく。エルナの左手の甲には、リーゼに刺された痕が残っていた。

「わたしの身体に傷があったら嫌？」

エルナの質問に彼は首を左右に振って否定する。

「嫌になるはずがないだろう？　これは……俺のせいでつけられた傷なんだから」

ユリアンがしみじみとした声でつぶやく。彼の声に引っ張られるように、頭にあった疑問を口にした。

「ユリアン……あなたはリーゼ嬢を罠に嵌めたのね」

寝間が沈黙に包まれる。闇の深さを思い知らされるようなひとときのあとに、ユリアンは場違いなほど明るい声を放った。

「そんなことしてないよ」

「いいえ、したわ。……わたしを都に呼び寄せて、わたしとの仲を見せつけて、リーゼ嬢が事件を起こすようにした」

「エルナ……」

「ユリアン。あなたは薬草に詳しいわ。薬草はときとして毒草にもなる。もしかして……もしかして、あなたが肺を病んだというのは嘘ではないの？　身体に合わない薬草は毒と同じ。わざと咳が出る毒草を飲んだのではないの？」

自分で調節して毒を飲み、エルナの前で咳をして、病だと誤認させ、薬を調合させたのではないのか。肺病と言いながら、彼は床につきっぱなしということはなかった。自分で発作を操っていたのではないのかという疑いが、どうしても頭から離れなくなった。

「……なぜそんなことをする必要があるんだ？」

ユリアンの問いに、エルナは言葉を詰まらせる。

「それは……」

答えはわかっていた。

（……わたしのためだわ）

エルナに罪悪感を持たせて修道院から出し、あとは薬を調合させて、ユリアンの病を完治させたと公表する。

日陰の身に過ぎなかったエルナを表舞台に引きずりだすための手段として、肺病を装ったのだ。

「……わたしがユリアンに負担をかけて……」

ユリアンがエルナの唇に指を押し当てる。

「俺のすることはすべてエルナのためだよ」

彼のまなざしは真剣だった。嘘はひとかけらもないという目を見ていると、エルナは真実を明らかにしなければという正義感を失ってしまう。

「ユリアン……」

「エルナは失った名誉を今から取り返さないといけない。だから、皇太子妃になることに、なんら引け目を感じることはないんだ」

重ねられた言葉に、エルナは彼の意図を思い知った。

「ユリアン……」

目尻に浮かんだ涙を彼は拭ってくれる。

「これからは俺がそばにいる」

「……そうね。それに、その……もしかしたら、新しい家族ができたかもしれないわ」

エルナは腹にそっと手を当てた。とっくに来ていなければならない今月の月のものが、まだだった。

(お父様とお母様、どうか許して)

エルナはユリアンの妻になり、子を産む。何人か子を産めば、いずれはそのうちのひとりがフシュミスル公爵の名を継いで、フシュミスルの名に新たな名誉を与えてくれるだろう。

「本当なのか!?」

「ユリアン。声が大きいわ」

エルナは彼の唇に指を当てる。

「エルナに……俺の子が……」

彼はエルナの腰を抱いた。抱きしめられて、幸せがこみあげてくる。

「本当に本当なのか?」

「ま、まだ、はっきりとはわからないの……」

もしかしたら、何事もなかったかのように月のものがはじまるかもしれない。そんな危惧もあった。

「そうか……全力で抱いたけど、大丈夫だったか?」

ユリアンが腹を撫でてくる。

「大丈夫だと思うわ。妊娠したとしても初期だし、吐き気なんかもないのよ。それに、そもそも本当に妊娠しているのかどうかもわからないし……」

ユリアンはしゅんとうなだれて、エルナの肩に顔をうずめる。

「そうか、そうなのか。うれしいけれど、妊娠していたら、もう抱けなくなるんだな……」

しばらくそうしていたが、ユリアンは唐突に顔を上げると笑顔になった。

「エルナ、あと一回だけ付き合ってくれ。すごくやさしく抱くから」

「ユ、ユリアン……」

絶句してしまう。

(子どもみたいだわ……)

遊べる限り遊びたい、そんな幼子じみた欲望にあきれたが、くちづけをされて、胸を揉まれたら、焦りが生じた。

「ユリアン、待って……」

「子どもに影響がないようにそっとするから。それならいいよな」

「よくない――」

だが脚をからめられて、のしかかられると、それだけで身体がうずきだす。

暗い部屋にまたもや艶めいたあえぎが響きはじめた。

婚礼の翌日の夜。ユリアンはリーヌスを連れて皇帝の居室に向かっていた。

リーヌスはトレイの上にワインの入ったキャラフと黄金のグラスをのせている。

「なあ、リーヌス。エルナはきれいだったな」

「はい」

リーヌスは表情を変えずに答える。

真珠を縫いつけた黄金色のドレスの裾を長く引き、大粒のルビーとダイヤモンド、真珠で飾り立てた宝冠をかぶった彼女は、清廉と優雅というふたつの単語を体現していた。

「俺は誇らしかったぞ。エルナがそれは美しくて、可憐だったから」

「さようですか」

「ああ。きっとコンラートは天国で悔しがっているな。俺にまんまと盗られてしまったと」

コンラートの毒殺をリーゼに示唆したのは、我ながら正解だったと思う。周囲は、婚約者のリーゼを疑わないだろうと踏んだ。なぜなら、コンラートがリーゼとの婚約を解消したがっているという本心を知っていたのは、帝室のわずかな人間だけだったからだ。

(父上も母上も、内心ではリーゼの愚かさを侮蔑していた)

リーゼに毒草を扱う知恵などあるはずがない。おそらくはそう思っていたはずだ。

(愚かな女だ)

頭を使えないのに、プライドだけは人一倍高い。そんなリーゼにとって、コンラートが婚約解消しようとするなんて、絶対に許せなかったはずだ。

バッスル家の勢力を衰えさせるためにも、ユリアンはリーゼにコンラートを排除させたかった。だから、彼女をけしかけた。

「少なくとも、ユリアン様にエルナ様への思慕を漏らしたことは、後悔なさっておいでしょうね」

リーヌスの返事に鼻で嗤う。

「コンラートが悪いんだよ。エルナを手に入れようとするから」

エルナを誰よりも愛しているのは、ユリアンのほうだった。エルナとの間に一線を引くコンラートより彼女と共に過ごした。

父の命令に従って留学したのも、従順なフリをするためだった。留学が終われば、晴れてエルナに求婚できると思ったのだ。

（それなのに、コンラートが割って入ろうとした）

その図々しさが許せなかった。だから、別れを告げられて怒り心頭のリーゼをそそのかした。

（もっと早くに殺しておけばよかったな。そして、さっさと俺を皇太子にしてもらえばよかったんだ）

いざとなったときの予備（スペア）、という役目だったユリアンは、コンラートが死んだおかげで晴れて唯一無二の皇太子となったのだ。

「それにしても、まだ新婚の夜なのですから、エルナ様と一緒におられるべきでは？」

リーヌスの疑問に、エルナの寝顔を思い出し、唇を笑みの形にする。

「エルナは疲れているから、今日は休ませないと」

昨夜は結婚初夜だが、お腹に子どもがいるかもしれないというエルナを慮（おもんぱか）り、そっと愛撫した。物足りなかったが、エルナの腹にいる我が子のために我慢したのだ。

「それで、今夜は陛下とお過ごしに」

「気色の悪い言い方をするな。酒を飲むだけだよ」

「酒を飲むだけですか」

「ああ、飲むだけだよ。父上が六年前にそうしたようにね」

先帝を暗殺したのは父だとユリアンは考えていた。憎いフシュミスル公爵フランツを殺すために、公爵の従者を使って皇帝に毒を盛った。ふたりともこの世から消せる上策だと父は考えたに違いない。

「……恨みというのは心の内からなかなか消えないもんだよな」

殺した理由は、エルナの母アマーリエを奪われたせいだろう。アマーリエとフランツは相思相愛の夫婦だったそうだから、父が入る余地などなかっただろうに、それでも恨みは捨てられなかったのだ。

「それで、ユリアン様は酒を飲んでどうするのですか？」

「親子仲よく飲むだけさ」

悪びれずに言うと、父のために用意した特別上等なグラスを思い出す。

「さようですか」

「ああ。エルナのためにも、父上とは仲よくしないとな」

彼女のためにも、仇をとってやらないといけない。それに、純粋に皇帝が邪魔だった。

（父上が死なないと、俺は皇帝になれない）

むろん急ぎはしない。ゆっくりと遅効性の毒を盛り、中毒を誘って死んでもらう予定だ。

皇帝の居室に到着すると、許しを得て入室する。

彼は厳格な顔をわずかに緩めてユリアンを出迎えた。

「ユリアン。珍しいな、酒を飲もうだなどと」

「たまには父上と水入らずの時間を過ごしたいという愚息の考えです。お付き合いくださ い」

「殊勝なことを言う」

「父上には教えを乞いたいんですよ。皇帝としての心がまえや国が抱えている問題など、お話ししたいことは様々ありますから」

居間のテーブルについたふたりの前にグラスを置いたリーヌスが酒を注ぐ。おそらく六年前も同じような状況だっただろうに、父の顔色は変わらない。

ユリアンが同じことをするとは思っていないのか、それとも、真実を知るはずがないと考えているのか。

「ユリアンの結婚を祝って」

グラスを持ち上げる皇帝に心からの笑みを向ける。

「帝国の繁栄を祝って」

決して本心をつまびらかにすることのない父子は、互いに心を隠したまま、六年前と同じようにグラスを傾けた。

あとがき

初めまして、また、お久しぶりです。貴原(きはら)すずと申します。

久しぶりに新作をお届けできることになりました。たいへんうれしく思っております。

今作は、ザックリ説明すると、不幸な境遇に陥った薬師系ヒロインが幼なじみ系ヒーローに振り回されるお話です。

幼なじみ系で、弟系で、かつ自信満々な皇太子。調子にのると手におえない雰囲気を漂わせるヒーローになるといいな、と思いながら執筆しました。

今作でソーニャ文庫さんでは三作目の作品になりましたが、一作目は敬語将軍、二作目は頑固王子、今作は幼なじみ皇子で、三作ともタイプが違うヒーローをお出しできたかなと思っています。ヒーローのキャラ造形はヒロインとの相性で決めるのですが、遊べる部分が多くて楽しいです。

お久しぶりの新作は、Ｃｉｅｌ先生にイラストを担当していただきました。
一度でいいからお仕事をご一緒できればなぁと憧れていたイラストレーターさんにイラストを担当していただき、本当に感激でした！　ラフの段階から、素敵すぎる……！　と興奮してばかり。特に表紙イラストを送っていただいたときは、額に入れて飾りたい！　と心から思いました。Ｃｉｅｌ先生、本当にすばらしいイラストをありがとうございます！

また、担当さま。プロットから原稿から的確なご指摘の数々をありがとうございます。もっと日本語を勉強しろ！　と言いたくなる原稿だったと思います。すみませんでした……。

そして、読者の皆さまへ。
たくさん出版される乙女系小説の中から拙作を選んでいただき、ありがとうございます。世の中は大変な状況ですが、少しでも楽しんでいただけたら、と願っております。
では、また新たな物語の世界でお会いできますように。

貴原　すず

この本を読んでのご意見・ご感想をお待ちしております。

◈ あて先 ◈

〒101-0051
東京都千代田区神田神保町2-4-7 久月神田ビル
㈱イースト・プレス　ソーニャ文庫編集部
貴原すず先生／ Ciel先生

毒皇子(どくおうじ)の求婚(きゅうこん)

2020年8月7日　第1刷発行

著　　者　貴原(きはら)すず
イラスト　Ciel(シエル)
装　　丁　imagejack.inc
D T P　松井和彌
編集・発行人　安本千恵子
発 行 所　株式会社イースト・プレス
〒101－0051
東京都千代田区神田神保町2－4－7 久月神田ビル
TEL 03－5213－4700　　FAX 03－5213－4701
印 刷 所　中央精版印刷株式会社

ISBN 978-4-7816-9678-2
定価はカバーに表示してあります。

『**略奪王の淫愛**』 貴原すず

イラスト 幸村佳苗

Sonya ソーニャ文庫の本

『**奈落の純愛**』　貴原すず

イラスト 芦原モカ